amanita-Reihe

Jens Schumacher

# Das Lied vom Untod

*Mit einem Vorwort von Jens L*

▲ – Verlag Jens Neumann
amanita-Reihe
2., überarb. Auflage, Mainz 1999
ISBN 3–930559–37–4

JENS SCHUMACHER

# Das Lied vom Untod

*Eine grotesque noire*

▲-Verlag
Mainz 1999

# *Vorwort*

Vor allen Dingen hatte ich mir vorgenommen, kein Vorwort zu schreiben.

Diese Prämisse hatte ich mir als oberstes Gebot meines schriftstellerischen Daseins aufgetragen; keine heuchlerische, schleimtriefende Selbstbeweihräucherung, keine arroganten Reden, kein aufgesetztes Schulterklopfen, ausgeführt an ebenfalls schreibenden Kollegen oder Freunden, in der Hoffnung, in absehbarer Zukunft die gleiche Ehre von ihnen zu erhalten. Meines Erachtens dienen Vorworte hauptsächlich dazu, sich ach so bescheiden dem großen, veröffentlichten Meister unterzuordnen, in der Hoffnung, ein paar der ihn umgebenden Sonnenstrahlen abzubekommen.

Also stellt sich die große, von vorneherein unbeantwortbare, sinnlose Frage, jene große Frage, an der Philosophen zerbrechen, die Frage nach allem Ursprung, nach Erkenntnis und Verständnis, nach Sinn und Ursache.

Und diese Frage lautet: *Warum*?

Warum fängt dieser Mensch nach so einer apodiktischen Ausführung jetzt plötzlich an, ein Vorwort zu schreiben, welches er gleich nutzt, um über dessen Existenz zu meckern? Will er sich auf diese Weise für sein Vergehen entschuldigen?

Will er nicht!

Er möchte diesen Raum vornehmlich nutzen, um Ihnen eine kleine Anekdote zu erzählen.

Es war einer dieser verregneten Winter, als mein geschätzter Kollege und langjähriger Freund Jens Schumacher plötzlich völlig unverhofft seinen ersten Roman fertigstellte – jenen unglaublichen Roman, den Sie, werter Leser, gerade in Händen halten!

Ich kannte bisher alles, was er während der schuldigen Jahre seiner Tätigkeit als Angehöriger der schreibenden Zunft zu Papier gebracht hatte, er kannte sämtliche meiner Erzählungen. Wir hatten soeben zusammen unserer erstes Buch veröffentlicht (und ich hoffe, daß sich auf den hinteren Seiten dieses Machwerkes ordentlich Werbung dafür befindet!), wir freuten uns zusammen über gute Rezensionen, bekamen gemeinsam Tobsuchtsanfälle, wenn uns jemand gnadenlos in den Boden zu stampfen versuchte. Ich scheue davor zurück, diesen klischeebeladenen Ausdruck ins Spiel zu bringen, aber wir waren ein *Team*! Ein Autorenteam mit großen Plänen für die Zukunft, zwei Kumpel, die gemeinsam Nächte im blauen Rauchdunst wohlschmeckender Pfeifen, mit Kannen aromatischen Kaffees zubrachten, sich gegenseitig brüllend vor Lachen die Werke des Marquis de Sade vorlesend, schlechte Witze erfindend und aufgrund des zuvor einverleibten, guten Essens gefährlich aufstoßend (es sei Ihnen gesagt: Der Autor von *Untod*, mein langgeschätzter Freund und Kollege, kann beim Rülpsen *sprechen*! Wir leben in einer Welt voller Wunder!).

An dieser Stelle gelobe ich übrigens absolute Ehrlichkeit und Offenheit, womit ich einen Faktor mit einbringen muß, den ich gerne unter den Tisch gekehrt hätte. Ich spreche von einer unschönen, aber allzu menschlichen Eigenart, die Ehen zerbrechen läßt und Kriege entfacht.

Ich spreche von Neid.

Ja, ich wurde von ihm befallen, sehr oft sogar, und ich würde lügen, behauptete ich, daß zeitweise nicht so etwas wie ein kreatives Kräftemessen zwischen mir und meinem Namensvetter stattgefunden hätte.

Es war in jener Zeit, da unser beider Output an Geschichten enorm war. Einmal pro Woche waren wir in der Lage, uns gegenseitig frische Stories um die Ohren zu schlagen. Solange ich für Ausgleich sorgen konnte, war das eine sehr schöne Sache. Wenn ich ihm eine mittelmäßige Geschichte ablieferte, konnte er ebenfalls nur mit einer mittelmäßigen aufwarten, hatte ich einen Durchhänger, hatte er zu meiner Beruhigung meistens auch einen. Einmal schaffte er es nicht, seine Story bis zum Wochenende fertigzustellen, ich hatte zwei Stück geschrieben – welch Triumph!

Dann kam der graue Januar. Dann überfiel mich eine merkwürdige, bis dato ungekannte Passivität. Dann kam das Wochenende. Dann kam wie gewohnt Jens Schumacher zu mir nach Hause, angetan mit Pfeife, Büchern, Zeitungen, das Klischee eines Schriftstellers erfüllend (wie wir es lieben!). Ich erinnere mich daran, daß er ein schickes Aktentäschchen mit sich führte. Er pflanzte sich auf seinen Lieblingssessel, direkt in die Hasenscheiße meines Widderkaninchens Charlie, die ich wie üblich nicht weggeräumt hatte. Ich bot ihm einen Cigarillo an, er nahm sich wie immer vier, verstaute drei davon in seiner Hemdtasche und zündete sich einen an.

Ich wollte gerade erfragen, wo er dieses hübsche Täschchen erstanden hatte, als er es mit einer raschen, haptisch etwas unkontrollierten Handbewegung öffnete, einen nicht unerheblichen Stapel Papier daraus hervorzog und ihn mir breit grinsend, rauchend, in den Schoß warf.

Es war sein Roman. Es war *Das Lied vom Untod*!

Wie gesagt, es war eine Zeit, da ich nichts zu Papier brachte, eine Zeit, die jeder Schreiberling zu haben scheint (und wenn er sie nicht hat, zwingt er sich eben dazu, zur Zeit mal „nicht so kreativ zu sein, Mann, ich kann's mir auch nicht erklären – vielleicht bin ich ja ausgebrannt, um mit den Worten großer Schriftsteller zu sprechen, merkst du, ich bin auch ausgebrannt – so was passiert nur *richtigen, echten, tollen* Schriftstellern!").

Ich nahm also diesen Haufen Blätter, während mir Schumacher in geheimnisvollem Ton zuraunte: „Es ... es ist fertig!" – als ob ich das nicht selbst bemerkt hätte!

Ich zwang mich dazu, ihm zu der reifen Leistung, etwas Längeres fertiggestellt zu haben, zu gratulieren, als hätte ich sämtliche schriftstellerische Erfahrung der Welt in mir vereint. Ich unterhielt mich mit ihm eine Weile über den Enstehungsprozeß des Werkes und war ziemlich erleichtert, als er oftmals hervorhob, daß *Untod* ja „kein richtiges Buch", daß alles „nur ein Witz" sei und so weiter ...

Sie müssen mir glauben, ich betonte im Laufe des Abends mehrfach, daß ich selbst zur Zeit *nicht* schreiben könne, doch das schien meinen werten Kollegen absolut nicht zu interessieren, ja, er schien es überhaupt nicht zu hören. Er berichtete mir davon, wie *Untod* enstanden sei, wie er die Kapitel immer wieder umgestellt habe, bis er das Gefühl hatte, alles sei richtig – er schwelgte geradezu darin, *wieviel Spaß es ihm gemacht habe*, dieses Buch zu schreiben!

Irgendwie schaffte ich es im Laufe der Nacht, das Thema in eine andere Richtung zu lenken und versteckte den Computerausdruck in meinem Arbeitszimmer, in der Hoffnung, er würde ihn vergessen. Und das tat er dann glücklicherweise auch.

Er verließ meine Wohnung nach einem sehr gemütlichen Abend gegen vier Uhr in der Früh mit einem vor Müdigkeit verquollenen Gesicht. Ich räumte auf, wollte gerade zu Bett gehen ... und da lag er plötzlich! Jener Stapel Papier, den er aus seinem Aktentäschchen hervorgeholt hatte! Ich nahm ihn sehr skeptisch zur Hand und gedachte, vor dem Einschlafen noch einen freundschaftlichen Blick hineinzuwerfen, in jenes Werk der Schundliteratur, über das ich mir ja keine Gedanken machen mußte, eine Arbeit, die darüber hinaus sicherlich gespickt war mit groben Fehlern, auf die ich meinen Freund in meiner Arroganz grinsend aufmerksam zu machen plante.

Und ich las es. In einem Zug, bis sieben Uhr in der Früh. Fand keinen Fehler.

Es war geradezu ekelhaft gut!

Ich legte es zur Seite, hoffte, mich in einen dumpfen, traumlosen Schlaf flüchten zu können.

Aber ich träumte von ihnen: von Bizeps, von Harry Brimner, von Nicholson. Ich träumte die ganze, gottverdammte Story des Buches!

Irgendwann gegen Mittag wachte ich auf, quälte mich in die Dusche und telefonierte anschließend eine Stunde lang mit dem Autor, überschüttete ihn mit ernstgemeinten Lobeshymnen.

Wissen Sie – er hatte Recht! *Das Lied vom Untod* **ist** Schund! Aber es verhält sich hierbei ähnlich wie mit den B-Horrorfilmen der fünfziger Jahre, und zwar auf einem mehr als grotesken literarischen Niveau, das die Welt bisher noch nicht erfahren hat! Keinem Kritiker würde es einfallen, etwas Negatives über die allererste King Kong-Verfilmung zu sagen. Kein Kritiker würde anmerken, daß in dem Nyby-Film „The Thing“ aus dem Jahre 1958 eine klare Intention fehlt.

Nehmen Sie diese alten Filme, vermischen Sie sie mit einer Hardboiled-Detective-Story und dem sprühenden Humor und der Phantasie eines Gary Larson; dazu noch eine Prise Okkultismus, Suspense, Splatter und Erotik, alles gut durcheinandergemischt, und heraus kommt ein merkwürdiger, aber einzigartiger Brei: *Das Lied vom Untod*!

Wenn es auf dieser Erde eine Wahrheit gibt, dann ist es doch die, daß genialer Schund gleichzusetzen ist mit Kult.

Ich muß Ihnen gestehen – wenn meine Schreibunfähigkeit in jenen Tagen angehalten hätte, hätte ich mich wahrscheinlich in einem Anfall ekelerregenden Selbstmitleids von einer Brücke gestürzt, wie es sich für einen richtigen, zermürbten Schriftsteller gehört!

Und das ist die ganze Wahrheit. Ich habe das Manuskript mittlerweile viermal gelesen und habe nach dem zweiten Mal gewußt, daß es ein Vorwort haben – und daß dieses gottverdammte Vorwort von mir stammen muß! Es war meine Bestimmung, ich konnte mich nicht dagegen wehren! Möglicherweise hat es auch etwas mit dem Sonnenlicht des Autors zu tun, von dem auch ich beschienen werden möchte ...

Ich habe es also getan – ich habe mich der gegenseitigen Selbstbeweihräucherung ausgesetzt, habe ein verhaßtes Vorwort geschrieben!

Ich habe es getan, ich bekenne mich schuldig!

*Jens Lossau*

„Keine Festung ist so stark, daß Geld sie nicht erobern kann.“
*Cicero, 53 v. Chr.*

„... zweimal sieht kein Mensch die Todesufer.“
*Schiller, 1805*

„Um, um, um, um, / Um, um, um, um.“
*Englischer Liedtitel, 1964*

# 1
## *Morgenstund ist ungesund*

Der Name des Verbindungsmannes war Kramartz. Egon Kramartz. Er war Deutscher, übergewichtig und stank aus dem Hals wie ein Bus. Sein vielfaches Doppelkinn, die einzig sichtbare Verbindung zwischen Kopf und Torso, mochte seit mindestens zwei Wochen keinen Rasierer mehr aus der Nähe gesehen haben, und seine Kleidung, einen altmodischen, schmutzbraunen Zweireiher, schien er auch zum Schlafen anzubehalten – der Stoff war zerknittert wie die schlaffe Haut seines Gesichtes, und aus den Falten starrten mir weiße Schweißränder entgegen. Kurz gesagt, Egon Kramartz bot ein Bild ausgesprochener Widerwärtigkeit.

„Sind Sie häßlich“, sagte ich zur Begrüßung und steckte mir eine Lucky an. Cool war ich schon. Cool und unsagbar leichtsinnig, wie mir im gleichen Moment bewußt wurde.

„Heiraten würd' ich Sie auch nicht“, entgegnete Kramartz spontaner, als ich es ihm zugetraut hätte. „Sonst noch was?“

„Ihr Chef hat Sie als Kontaktperson angegeben. Ich arbeite für ihn.“ Es war mittlerweile Mittwochabend, und die Kaschemme, deren Adresse auf Sterbinis Zettel angegeben war, ein Laden mit der vielversprechenden Bezeichnung 'Smart Arty's Parlour', war eine lausige Absteige – selbst wenn man in Betracht zog, daß mein Auftraggeber Italiener war.

„Mein Chef?“ Er stellte sich dumm. Nun gut.

„Ich bin Nicholson. Charles Nicholson, Privatdetektiv.“ Ich betonte jede Silbe.

„Sie sind *wer*?“ Er spielte die Rolle des Unverständigen wirklich verdammt gut, aber langsam war es an der Zeit, die Maskerade aufzugeben. Das wenige, was ich am Vormittag am Flughafen in Erfahrung hatte bringen können, wollte ich Sterbini nun auch nicht länger vorenthalten. Er sollte etwas bekommen für sein Geld ... und außerdem hatte ich eine Scheißangst vor ihm.

„Hören Sie zu, Kramartz," fuhr ich ihn an, „die Sache ist zu wichtig, als daß Sie mich hier lange hinhalten könnten, ich ..."

„Mein Name ist nicht Kramartz!" unterbrach mich der Fettsack. „Ich heiße Jeremy Bodenko und bin Vertreter, außerdem ..."

„*Ich* bin Egon Kramartz, wenn Sie entschuldigen wollen." Ein ältlicher Mann mit langgezogenem Pferdegesicht beugte sich vom Nachbartisch herüber. Ich biß die Zähne zusammen und schloß für einen Moment die Augen. Das fing ja gut an!

Während ich mir mit Zeigefinger und Daumen den Nasenrücken massierte und mich bemühte, mir die Blamage vor diesen beiden Trotteln möglichst nicht anmerken zu lassen, rekapitulierte ich selbstmitleidig, wie harmlos doch die ganze Chose ihren Anfang genommen hatte – nur einen Tag zuvor, um genau zu sein ...

Es war niemand anders gewesen als Antonio Sterbini höchstselbst, der an jenem schicksalsträchtigen Dienstagvormittag, der mir nun eine Ewigkeit entfernt schien, eingehüllt in eine durchdringende Duftwolke nach frischen Tagliatelli und teurem Aftershave, mein winziges Büro in Brooklyn betreten hatte. Geräuschvoll hatte er die Tür hinter sich geschlossen und ohne Umschweife fragenden Tones die Konversation eröffnet.

„Charles Nicholson, *Private Nachforschungen, Observationen und Sonstiges,* Detektiv?"

„In persona und leibhaftig vor Ihnen!"

„Niemand hat mir gesagt, daß Sie ein Schwarzer sind."

„Und? Tut das etwas zur Sache?"

Er überlegte einen Moment.

„Nein. Sie haben recht." Er zog ein goldenes Zigarettenetui aus der Innentasche seines fliederfarbenen Armani-Sakkos, nahm einen länglichen Zigarillo heraus, unterließ es geflissentlich, mir auch einen anzubieten, gab sich mit einem Cartier Brillant-Lighter Feuer und kam dann zum Grund seines Hierseins.

„Also, es geht um folgendes. Ein ... Bekannter setzte mich kürzlich davon in Kenntnis, daß Sie nicht die schlechteste Wahl seien, wenn es darum ginge, Personen ausfindig zu machen, die sich – wie soll ich sagen – aus dem Gesichtsfeld der Allgemeinheit entfernt haben."

Verwundert hob ich eine Braue, entgegnete jedoch nichts und zog als Äquivalent zu seiner snobistischen Pafferei eine zerknickte Lucky aus meiner Hemdtasche, bog sie hinlänglich gerade und begann ebenfalls zu rauchen. Ich benutzte ordinäre Streichhölzer.

„Im Klartext will ich, daß Sie einen Mann für mich ausfindig machen; *diesen* Mann!"

Er hob ein hübsches Attaché-Köfferchen aus echtem Schlangenleder, griff hinein und förderte einen goldziselierten, lederumhüllten Hefter hervor, der sogleich vor mir auf der Schreibtischplatte landete.

„Alle nötigen Angaben zu der gesuchten Person finden Sie in diesem Ordner. Also persönliche Daten, Werdegang, letzter bekannter Aufenthaltsort und so weiter. Wenn Sie den Fall übernehmen – und eine innere Stimme sagt mir, daß Sie dies mit ziemlicher Sicherheit tun werden –, gibt es einige wenige Auflagen, die Sie einhalten müssen."

„Als da wären?"

„Erstens: Mein Name darf während der gesamten Ermittlungsarbeiten *kein einziges Mal* genannt werden; aber das dürfte Ihnen ohnehin bereits klar gewesen sein. Zweitens: Die gesuchte Person muß binnen der nächsten zwei Wochen, also bis zum 18. Juli, ausfindig gemacht werden. Ich denke nicht, daß Ihnen dieser Punkt größere Probleme bereiten dürfte. Und drittens: Sie haben ausschließlich mit dem auszukommen, was Sie in dem vor Ihnen liegenden Ordner an Informationen von mir erhalten; Sie werden zu keinem Zeitpunkt mehr über meine Hintergründe, noch die des gesuchten Individuums erfahren ... und sollten auch nicht versuchen, darüber *irgendetwas* in Erfahrung zu bringen, wenn Sie verstehen, was ich meine?!"

Ich verstand sehr gut; Sterbini, nicht zu Unrecht in gewissen Kreisen auch bekannt als 'Don' Sterbini, war einer der einflußreichsten Vertreter der italienischen Mafia, der auf amerikanischem Boden stationiert war. Den gebürtigen Neapolitaner auch nur ansatzweise zu hintergehen (falls ich diesen Fall tatsächlich annehmen sollte), würde einen relativ abrupten Abbruch meiner geschäftlichen Karriere bedeuten ... unangenehmerweise höchstwahrscheinlich einhergehend mit dem abrupten Abbruch meines geschätzten Lebens!

Gleichzeitig wurde mir klar, daß ein Ausschlagen des von Sterbini offerierten Falles ähnlich üble, keinesfalls sehr erstrebenswerte Folgen haben würde; man brauchte sich die Sache ja nur mal vor Augen zu führen: Sterbini, einer der mächtigsten und skrupellosesten Geschäftsmänner der ganzen Ostküste, wenn es um Rauschgift, Waffen, Menschenhandel oder Korruption in Verbindung mit Mord ging, wandte sich ausgerechnet an *Charles Nicholson*, einen mittelmäßigen, im Grunde völlig unbedeutenden und notorisch erfolglosen (ich hatte seit fast einem Jahr keinen anständigen Fall mehr aufgeklärt ... weswegen ich mir auch nicht im entferntesten vorstellen konnte, wer mich empfohlen haben sollte!) Privatdetektiv aus der schmutzigsten Ecke von Brooklyn – wo es mehr Privatdetekteien als Kriminelle gibt –, damit dieser für ihn irgendeinen verschollenen Gesellen aufspürte. Was immer Sterbini zu diesem merkwürdigen, für mich alles andere als nachvollziehbaren Schritt veranlaßt haben mochte, er mußte gute Gründe dafür haben. *So* gute Gründe, daß er mir für den Fall, daß ich ihm einen Korb geben sollte, mühelos mit einem beiläufigen Fingerschnippen seiner manikürten Hand das Leben zur Hölle machen konnte. Das gleiche galt natürlich, falls ich akzeptierte und versagen sollte ... alles in allem eine mächtig beschissene Situation.

„Nun ja," bemerkte ich, „ich denke, ich werde den Fall wohl ... übernehmen. Darf ich lediglich die Frage in den Raum stellen, was einen so welterfahrenen und wohlhabenden Mann wie Sie, Signore Sterbini, der sich ja wohl ohne große Mühen die besten und teuersten Ermittler des ganzen Landes leisten könnte, dazu veranlaßt, sich ..."

„Wie ich schon sagte, Mister Nicholson, ich beabsichtige nicht, Ihnen weitere Informationen als die in diesem Ordner befindlichen zukommen zu lassen." Seine Lippen wurden schmal und ausdruckslos. „Das muß auch genügen. Ich freue mich jedoch, daß Sie bereit sind, den Fall zu übernehmen." Er lächelte mokant, wie eine Katze, die genau weiß, daß die von ihr gefangene Beute (in diesem Fall eine hundertachtzig Pfund schwere Maus aus Harlem mit Hämorrhoiden und ziemlich schlechtem Atem) gar keine Wahl hat, als sich ihrem Willen zu fügen. „Listen Sie mir sämtliche Ausgaben, die während Ihrer Ermittlungen anfallen, zuzüglich Ihres Tageshonorares, auf. Sind Sie in der Lage, den gesuchten Mann binnen der von mir genannten Zeitspanne ausfindig zu machen, bin ich bereit, Ihnen zusätzlich eine Summe von ... sagen wir 50.000 Dollar zu zahlen. Hier schon mal ein kleiner Vorschuß – Sie werden ihn brauchen können!"

Er grinste schief, als sei er über den Stand meiner Bankkonten, auf denen ungefähr dieselbe Leere herrschte wie im Schädel meiner Ex-Frau Sonja, bestens informiert (was gar nicht so ausgeschlossen war, deuchte mir) und erhob sich, wobei er sich penibel die Sitzfalten aus den seidenen Hosen strich. „Ich rate Ihnen, erfolgreich zu sein, Mister Nicholson! Hier haben Sie das Geld und die Adresse, an der Sie jeden Abend um 20 Uhr einen meiner Leute als Kontaktperson antreffen können. Auf diese Weise werden Sie mich auf dem laufenden halten." Seine Hand fuhr erneut zur Innentasche seines Jacketts und brachte einen ansehnlichen Batzen sympathisch grüner Dollarnoten ans Tageslicht, den er nebst einem kleinen, mit nahezu unleserlicher Handschrift bekritzelten Zettel auf meinen Schreibtisch fallen ließ. „Ich wußte, wir würden uns einig werden, Mister Nicholson!" meinte er zum Abschied, zeigte noch einmal sein selbstsicheres Lächeln und ging. Kurz bevor er die Tür von außen schloß, erhaschte ich einen knappen Blick auf zwei gewaltige, ebenfalls mit seidenen Sakkos angetane Männer von schrankähnlichen Ausmaßen, die mit verschränkten Armen rechts und links der Tür auf dem Gang gewartet hatten. Trotz des beachtlichen Haufens Geld, der vor mir aufgefächert lag, kamen mir mit einem Mal die knapp bemessenen Alternativen dieses Falles zu Bewußtsein: Entweder ich fand diesen ominösen Burschen und sahnte dafür anständigst ab – oder ich konnte mein Testament machen!

Wunderbar.

Ich hatte mich schon wieder mal bereits am frühen Morgen in eine geradezu auf klassische Weise beschissene Situation gebracht. Resignierend griff ich zum Telefonhörer und rief Brimner an, um ihm von unserem neuen Fall zu erzählen und ihn eine Riesenflasche Jack Daniels besorgen zu lassen.

*Jack Daniels!* Das war es, ich brauchte etwas zum Kehlebefeuchten! Mit einer gewollt lässigen Handbewegung gab ich dem pferdegesichtigen Kramartz zu verstehen, daß er in wenigen Augenblicken mit mir rechnen konnte und schlurfte geschwind zur Bar. Als ich zurückkam, hatte ich zwar keinen J.D. im Glas, was meine Laune erheblich gebessert hätte, sondern einen eher minderwertigen Bourbon, aber in meiner Situation hätte es jedes Methylgesöff aus dem Supermarkt ebenso getan. Ich nahm einen längeren Schluck, und während ich mir in Vorbereitung unserer Konversation eine Lucky entzündete, kam ich in den zweifelhaften Genuß, den echten Egon Kramartz genauer in Augenschein nehmen zu können. Sein langgezogenes, ausgemergeltes Gesicht hatte schätzungsweise fünfzig Sommer gesehen – vom Kellerfenster aus. Er war unnatürlich bleich, und die weiße Rauhfasertapete im Hintergrund schien die Konturen seiner Visage regelrecht aufzusaugen und zu verzerren. Die Augen begannen mir zu schmerzen und ich trank erneut. Er trug sein Haar ausgesprochen kurz (im Nacken ausrasiert), die Koteletten dafür lang, fast wie einen Backenbart, und an seinem Tisch roch es durchdringend nach in altem Fett fritierten Tintenfischringen.

Ich fragte mich kurz, wieso mir Sterbini als Kurier ausgerechnet einen Deutschen vorsetzte.

„Freut mich, Sie kennenzulernen“, log ich. Ich sah ihn direkt an. Sein grauer Einteiler war geschmacklos und paßte wie die Faust aufs Auge. „Ich bin Charles Nicholson, und ...“

„Weiß Bescheid“, gab Kramartz zu verstehen. „Was gibt es also?“

„Wenig Erbauliches für Signore Sterbini, befürchte ich.“ Ich nippte erneut an meinem Glas mit wahrhaftig *ausgesprochen* minderwertigem Bourbon, lehnte mich zurück und kam ungewollt wieder ins Sinnieren. Wer hätte noch vor wenigen Tagen gedacht, daß ich nun hier sitzen würde, Angesicht zu Angesicht mit einem altmodisch frisierten Albinospeichellecker, und daß ich ermitteln würde in einem Fall, dessen zugehörigen Klienten ich in meiner Kartei (wenn ich eine gehabt hätte) unter ‘S’ wie Sterbini einzuordnen hatte. Antonio Sterbini. Belustigt erinnerte ich mich an Harrys Reaktion auf diese Kunde, an jenem legendären Dienstagvormittag, als ich ihn anrief, just nachdem mein nach hochqualitativen Nudelteigwaren duftender Auftraggeber aus dem Büro entwichen war ...

„Bitte *wer*???“ Die Stimme am anderen Ende der Leitung klang entgeistert.

„Du hast schon richtig gehört, Harry: Sterbini.“

„Damit wir uns richtig verstehen, du meinst *jenen* Antonio Sterbini, dem sie vor knapp einem Monat beinahe diese Zwanzig-Millionen-Geschichte mit den Pakistanis angehängt hätten? Der dann ...“

„... der dann aber von seinen vier Anwälten – übrigens den teuersten Burschen der ganzen Stadt – bereits eine halbe Stunde nach Verhandlungsbeginn rausgepaukt wurde. Exakt.“

„Den Kokain-Sterbini? Den Sklavenhandel-ist-ein-legaler-Gelderwerb-Sterbini? *Don* Sterbini???“

„Bist du langsam fertig, Harry? Du scheinst doch schon erfaßt zu haben, um wen es sich handelt.“

„Entschuldige, wenn ich etwas begriffstutzig wirke, aber nochmal zum Mitschreiben: *Du*, Charles Nicholson, ein verdächtig neurotischer Privatdetektiv und magenkranker, übergewichtiger Schwarzer, hast einen Ermittlungsauftrag bekommen von Antonio 'Don' Sterbini und hast *angenommen*? Weißt du, was der mit dir macht, wenn du diesen Knaben nicht findest oder sonst irgendeinen Fehler machst, Junge?"

„Weißt du, was er wahrscheinlich mit mir gemacht hätte, wenn ich *abgelehnt* hätte? Denk doch mal nach, Harry. Wenn so ein Bonze wie Sterbini zu so einer Niete wie mir kommt – Mann, er hat persönlich hier in meinem miefigen Büro vor mir gesessen, ist dir das überhaupt klar? –, dann hat er gute Gründe dafür, glaub mir das! Ich vermute, daß es bei der Sache um irgendeine zwielichtige Angelegenheit geht, die SO zwielichtig ist, daß Sterbini unter allen Umständen verhindern will, daß etwas davon an die Öffentlichkeit dringt. Wenn er einen der großen Namen, zum Beispiel Lucossiç Private Eyes Inc., bemühen würde, könnte er kaum verhindern, daß über kurz oder lang die Außenwelt Wind davon bekommt, daß er hinter jemandem her ist; anders jedoch, wenn er sich einen völlig unbedeutenden Privatschnüffler sucht, dem er mit massig Kohle den Mund stopft, dem sowieso niemand glaubt, wenn er sagt, Sterbini hätte ihn angeheuert, und dem er im Falle eines Ungehorsams ohne viel Aufhebens das Licht ausblasen kann. Fällt bei dir jetzt endlich der Groschen, Babe?"

„Pennyweise, aber er fällt. Und du meinst, dieser dezente Scherz, daß *dich* jemand weiterempfohlen hat, ..."

„War nur ein Vorwand, damit ich ihm abnehme, wieso er ausgerechnet zu jemandem wie mir will."

Pause.

„Und was hast du jetzt vor, Nick? Die Sache scheint ja wohl fraglos ein paar Dutzend Nummern zu groß für uns zu sein."

„Ich dachte mir das folgendermaßen: Du steigst flugs in deinen Wagen, besorgst ein paar Liter Stoff und machst, daß du herkommst. In der Zwischenzeit ziehe ich mir die Anweisungen rein, die in diesem Ordner stehen; oki-doki?“

„Du bist ein hoffnungsloser Wichser, Nick ... ich bin in einer halben Stunde da!“ Er legte auf.

Endlich kam er in die Gänge! Es dauerte stets seine Zeit, Harry ‘B.’ Brimner zur Mitarbeit zu motivieren, besonders natürlich, wenn es um eine derartig abstoßend fette Sache ging wie diesmal. Aber wieviel Überredungskünste ich auch immer anwenden mußte, hatte ich ihn erst überzeugt, bestand für mich kein Grund mehr, mich zu beklagen. Schließlich war er keineswegs mein eingetragener Partner in der Detektei und hatte auch nie etwas von der wenigen Kohle sehen wollen, die ich (oft nur durch seine Hilfe) mit meinen Schnüffeleien zu scheffeln imstande war – dabei war der Anteil, den er zur ohnehin nicht sehr hohen Rate meiner aufgeklärten Fälle beitrug, nicht eben gering; Männerfreundschaft galt eben nicht zu Unrecht schon seit der Antike als etwas Mysteriöses und Wundervolles.

Ja, Harry ‘B.’ Brimner. Ich war nie dahintergestiegen, wofür das ‘B.’ nun eigentlich genau stand; sein zweiter Vorname war jedenfalls Ian. Vermutlich bedeutete es irgendwas hoch Geistiges wie ‘Brandy’, ‘Betrug’, oder schlicht und einfach ‘Bumsen’. Spontan erinnerte ich mich an einen längst vergangenen Fall, bei dem er, Sklave seines Fleisches, eine Affäre mit der Ehefrau angefangen hatte, die ich gerade im Auftrag ihres Gatten beschatten sollte ... der unterstellte ihr Untreue oder so was ähnliches. War lustig gewesen; Brimner vögelte die Alte, und ich machte mir ein paar schöne Tage, strich mein Wochenhonorar ein und erzählte dem Klienten später, er habe die treueste Gattin auf Gottes Erden ... aber genug davon. Ich zündete mir schmunzelnd eine Lucky an und begann, mir den von Sterbini hinterlassenen Ordner zu Gemüte zu führen.

Als es nach einer knappen Dreiviertelstunde an die Türe zum Flur klopfte, hatte ich die wenigen Seiten, die sich in der dünnen Mappe befanden, bereits mehrmals durchgesehen; zur Hauptsache handelte es sich um schlecht getippte und ausgesprochen primitiv formulierte Ermittlungsberichte, anscheinend von Sterbinis italienischen Handlangern. Die Sache schien relativ klar, und dennoch in Anbetracht der geradezu lächerlich geringen Menge an Informationen, die der Inhalt des Hefters mir vermittelte (was mutmaßlich auch so beabsichtigt war ...) in höchstem Maße vertrackt: Es ging um einen Burschen namens Ti-Samuel Christophe Bresbois, einen Südländer, offensichtlich gebürtig irgendwo aus den Bergen von Morne-au-Diable an der dominikanischen Grenze. Wo er die ersten sechzig Jahre seines Lebens exakt zugebracht, womit genau er sich seinen Lebensunterhalt verdient und was er sonst so getrieben hatte, war aus der Auswahl an Texten nicht zu ersehen, und es wurde spätestens hier mehr als offensichtlich, daß es in Sterbinis Absicht lag, mich so weit als möglich im Unklaren über die Hintergründe seines Auftrages zu lassen. Ich glaubte dem umständlichen Geschreibsel unter Aufbietung meiner sämtlichen interpretatorischen Fähigkeiten soviel entnehmen zu können, daß dieser Bresbois sich beruflich mit medizinischen Aspekten im weitesten Sinne auseinandergesetzt haben mußte, aber das war auch schon alles. Vor knapp zwei Jahren war er (von wo aus auch immer) dann nach New York umgesiedelt und hier weiteren, nicht genauer spezifizierten Tätigkeiten nachgegangen. Den letzten Ort, an welchem er dann vor wenigen Tagen, einem mit 'Rigoni' unterzeichneten, handschriftlichen Kurzbericht zufolge, noch lebend gesehen worden war, stellte der Flughafen von Manhattan dar, wo er einen Flug nach Übersee gebucht hatte. Dort verlor sich seine Spur, was aufgrund der vernachlässigbar niedrigen Intelligenzquotienten von Sterbinis Mannen wenig verwunderlich schien – jeder Grundschüler konnte anspruchsvollere und vor allem grammatikalisch korrektere Berichte abfassen. Abschließend fand ich, aufgeklebt auf ein leeres Blatt Schreibmaschinenpapier, noch ein altertümliches Schwarzweißphoto, das einen dunkelhäutigen Mann mit kurzgeschnittenem Haar in der Blüte seiner Jahre, schätzungsweise im Alter von 35, zeigte; aus der Tatsache, daß Bresbois jedoch, den Berichten zufolge, mittlerweile sein sechzigstes Lebensjahr weit überschritten haben mußte, konnte man erahnen, wieviel Ähnlichkeit die Aufnahme wohl mit seiner jetzigen Erscheinungsform haben mochte.

Alles in allem hätte ich mit einer so verschwindend winzigen Menge an Anhaltspunkten nicht einmal einen Elefanten in einer leeren Damentoilette lokalisieren können, geschweige denn einen alten Mann im Großstadtdschungel von New York; und unter anderen Umständen hätte ich den Ordner augenblicklich eingetütet, an den Auftraggeber zurückgeschickt und den Job nachträglich aufgrund einer „zu defizitären Bereitstellung von ermittlungsermöglichendem Indizienmaterial" (wie es *Miller's Private Eye-Compendium Vol. II* auf Seite 328 vorschlug) abgelehnt. Leider Gottes war mir das in diesem Fall wohl nicht so ohne weiteres möglich ...

„Schöne Scheiße!" fluchte ich vor mich hin, als Brimner eintrat, eine Tüte aus Packpapier unter dem Arm, die Schlüssel seines Wagens noch in der Hand.

„Was gibt's?" wollte er wissen und stellte seine Ladung auf dem Schreibtisch ab.

„Lies dir diesen Witz von einem Informationsdossier durch, dann kannst du mitlachen!"

Er tat wie geheißen und hatte innerhalb weniger Minuten im Stehen sämtliche der abgehefteten Blätter begutachtet. Dann wendete er mit suchendem Blick die Mappe in den Händen, besah aufmerksam die Rückseite und schaute anschließend mit fragender Miene vor sich auf den Fußboden.

„Nein, das ist alles. Ist nichts runtergefallen! Unnachahmlich, oder"

„Shit!" meinte er und ließ sich mir gegenüber in den gleichen Sessel fallen, in den kaum eine Stunde zuvor Antonio Sterbini seinen hochwohlgeborenen Arsch plaziert hatte.

Ich vergrub meinen Kopf in den Händen, und als ich wieder aufblickte, hatte Harry eine Flasche Whisky aus der Papiertüte hervorgezaubert und füllte mit fahrigen Bewegungen zwei

Plastikbecher aus dem Mineralwasserautomaten im Flur mit der aromatischen, bernsteinfarbenen Flüssigkeit. Er nippte gedankenverloren daran und lehnte sich zurück.

„Was bildet dieser Pizzabäcker sich eigentlich ein?" fragte er rhetorisch die Wand zu seiner Linken. „Das ... das kann man doch nicht bringen ... noch nicht mal ein aktuelles Photo kriegen diese Itaker zustande ..." Er wirkte in bemitleidenswertem Maße entgeistert von soviel Unverschämtheit.

„Viel mehr würde mich interessieren, was wir nun unternehmen können!" erdreistete ich mich, seine Gedankengänge zu unterbrechen. „Wo sollen wir ansetzen – was meinst du?"

So begann normalerweise fast jeder unserer gemeinsamen Fälle (und als solchen mußte ich diese alles andere als aussichtsreiche Angelegenheit ja wohl oder übel langsam akzeptieren, wenn ich weiterhin feste Nahrung zu mir zu nehmen gedachte): Ich fragte Brimner nach einem Ansatz, er hatte eine Idee, und die Sache kam ins Rollen; naja ... eine Idee hatte er ja wirklich meistens, nur mit dem *Rollen* klappte es anschließend nicht immer so, wie ich mir das wünschte ...

„Nun, ich schlage vor, einer von uns begibt sich heute oder morgen mal zum Flughafen und befragt ein bißchen das Personal, das am Tag von Bresbois' Verschwinden Dienst geschoben hat, hm?"

„Klingt gut", bemerkte ich ohne großen Enthusiasmus und leerte meinen Plastikbecher.

„Der andere, und das werde in diesem Fall besser ich sein, nutzt seine Kontakte zu italo-orientierten Unterweltkreisen und hört sich ein bißchen über diesen merkwürdigen Bresbois und seinen Background um."

„Spinnst du?!" unterbrach ich ihn aufgebracht. „Wenn Sterbini mitkriegt, daß ich ihm ins Essen spucke, reißt er mir den Schlund raus und dir gleich dazu!"

„Er darf es halt nicht mitkriegen", lächelte Brimner. „Aber ich bin der Ansicht, daß wir Sterbinis Mann nur dann finden können, wenn wir wissen, wonach genau und warum wir ihn suchen. Nur so können wir logisch rückschließen, wohin er verschwunden ist, was ihn treibt, etcetera. Und ich habe da auch schon so eine unbestimmte Ahnung, wer mir in Bezug auf deinen italienischen Freund weiterhelfen könnte ..."

Ich stöhnte auf. Harrys „unbestimmte Ahnungen" liefen meistens auf ziemlich lebensgefährliche Begegnungen hinaus. Aber solange *er* das in die Hand nehmen wollte – bitteschön!

„Darf ich wenigstens erfahren, an wen du da denkst, wenn ich dich schon nicht davon abhalten kann, unser beider Leben aufs Spiel zu setzen?" wollte ich wissen und füllte meinen Becher nach.

„Laß mich mal machen ...", meinte er schlicht. „Zunächst mal beabsichtige ich, eine ... alte *Bekannte*, he, he ... (ein schmieriges Grinsen stahl sich an dieser Stelle auf sein Gesicht), die in der Redaktion des *Evening Star* arbeitet, ein bißchen bezüglich ihres Schlüssels zu den Archiven anzuquatschen ... es kommt mir nämlich so vor, als läute der Name 'Bresbois' in meinem Hinterstübchen ganz entfernt eine ziemlich vollfette Glocke; wenn mich nicht alles täuscht, haben die Tagesblätter neulich etwas über jemanden dieses Namens gebracht ... irgendwoher kenne ich den auf jeden Fall. Mal sehen! Und was die Motivationen dieses Al Capone-Verschnittes Sterbini angeht, Bresbois ausfindig zu machen ... nun, ich habe da neulich, während unserer Ermittlungen zum Timberley-Fall – du weißt schon, wo sie uns nach drei Tagen wieder abgezogen haben – von einem äußerst interessanten Vertreter der menschlichen Rasse gehört, der genau das sein könnte, was wir brauchen. Ein eingewanderter Halbitaliener, übler Schläger, diverse Vorstrafen, absolut käuflich, und, was am allerwichtigsten ist: auf Sterbini ziemlich schlecht zu sprechen! Er hat Connections, Szenekenntnisse und keine Skrupel, das alles zu verhökern. Ich habe ihn noch nie persönlich getroffen, aber wenn nur die Hälfte von dem stimmt, was ich über ihn gehört habe, ist er in dieser Sache unser Mann!"

Ich war, gelinde gesagt, absolut nicht überzeugt von dem,

was mein Freund und Kompagnon so vorschlug, aber schließlich hatte ich selbst noch unverhältnismäßig weniger Ideen vorzuweisen, um dieser teuflischen Sache Herr zu werden.

„Dann laß uns einfach anstoßen darauf, daß wir diese ganze Scheiße heil überstehen, und mit möglichst viel Geld in den Taschen dazu!“ sagte ich und zwang mich zu einem Grinsen.

„Cheers!“ sagte Harry und holte zwei weitere Jack-Daniels-Flaschen aus der braunen Tüte hervor. Er lächelte zuversichtlich.

Ich schreckte aus meinen Gedanken hoch, als Kramartz gerade dabei war, demonstrativ zum schätzungsweise sechzehnten Mal einen Blick auf seine billig vergoldete Blechrolex zu werfen. Er räusperte sich.

„Ähm ...“, meinte ich spontan. Seine Augen blickten mich unverständig und ein wenig verächtlich an. Sie waren stahlblau, bemerkte ich.

Ich gewann meine Konzentration zurück, die mir ohne jeden Zweifel lediglich aufgrund des verabscheuungswürdig schlechten Getränks in meiner Hand für einen Moment entglitten war und startete endlich mit meinem knappen Bericht.

„Am Donnerstag letzter Woche reservierte Bresbois telefonisch am Flughafen einen Platz für den PanAm-Flug 372 nach Haiti; am Abend des gleichen Tages scheint er persönlich mit einem Taxi am Flughafen vorgefahren zu sein, hat sich sein Ticket geholt, bar bezahlt, und von da an hat ihn niemand mehr gesehen – jedenfalls keiner der Flughafenangestellten.“

„Also ist er mit dem Linienflug zurück in seine Hei... ich meine, nach Haiti geflogen?“ vermutete Kramartz. Er trank Mineralwasser.

„... eh, vielleicht.“ Ich hatte sein Zögern sehr wohl registriert und erkannte unschwer, daß auch Sterbinis Leute strikt instruiert worden waren, mir gegenüber keinesfalls eine einzige Information zuviel rauszulassen. Nun denn.

„Das Personal des Fliegers, das ich bisher abgepaßt habe, konnte sich nicht erinnern, ob Bresbois auch tatsächlich an

Bord gewesen ist."

„Was soll das heißen?"

„Das weiß ich auch noch nicht. Ich kann im Moment nur soviel sagen, daß es unter Umständen möglich wäre, daß sich unser Mann noch in New York oder Umgebung aufhält, nicht mehr und nicht weniger."

Das stimmte nur bedingt; zwar hatte ich tatsächlich diverse Angestellte am Flughafen vernommen, und es war tatsächlich noch unklar, ob der Gesuchte sich in dem planmäßig abgegangenen Flugzeug befunden hatte oder nicht; was ich Kramartz aber noch vorenthielt, war eine vielleicht entscheidende Tatsache, die den Tag des geplanten Abfluges des Gesuchten betraf ... ich wußte selbst noch nicht ganz genau, wie ich den höchst interessanten Vorfall auf dem Flughafengelände, von dem ich während meiner Ermittlungen erfahren hatte, mit dem Fall in Verbindung bringen konnte, und irgendwelche übereilten Vermutungen hatte ich aus diesem Umstand ebenfalls noch nicht gezogen. Aber ich hatte ... nun, eine erste *Ahnung*, in welcher Richtung ich weiter ermitteln konnte! Und diese Ahnung ließ es tatsächlich eher wahrscheinlich erscheinen, daß der Gesuchte sich noch auf amerikanischem Boden aufhielt.

Da es jedoch ebensogut geschehen konnte, daß sich diese vielversprechende neue Spur nur allzubald als ein überdimensionaler Haufen Scheiße entpuppte, zog ich es vor, gegenüber dem meinen Geruchsinn auf so schmähliche Weise beleidigenden Verbindungsmann vorläufig noch nichts davon verlauten zu lassen. Ich hatte Sterbini ja eigentlich auch nur wissen lassen wollen, daß ich in Aktion getreten war, und dazu genügten zunächst die wenigen Fakten, die ich seinem Handlanger übermittelt hatte. Dieser schien allerdings etwas anderer Meinung zu sein.

„Üppig ist das nicht, Mister Nicholson, und das wissen Sie auch!" Jetzt, wo er mir frontal ins Gesicht redete, ging mir ein Licht auf: Es war tatsächlich *er*, der hier so barbarisch nach Tintenfischfritten stank! Ich konnte nicht umhin, unwillkürlich ein wenig die Nase zu rümpfen; er bemerkte es nicht.

„Was erwarten Sie nach einem Tag, Mann? Die Hälfte der Besatzung des Fliegers war heute irgendwo in der Welt unterwegs, und der halbe Flughafen hatte dienstfrei oder sowas. Cool bleiben, Partner. Ich tue schon, was ich kann; vielleicht gibt es morgen mehr zu berichten. So long!“ Ohne die Absicht, mich bereits morgen wieder in dieser Bruchbude sehen zu lassen, leerte ich den Billigbourbon, stand auf und ging. Erstmal ins Bett! Für meine Verhältnisse hatte ich heute schon mehr als genug gearbeitet, mochte mein Klient noch so oft Sterbini heißen! Morgen würde ich Brimner anrufen, ihm von diesem einen, unter Umständen verwertbaren Punkt berichten, auf den ich gestoßen war, und fragen, was er selbst inzwischen herausgefunden hatte.

## 2
## *Ein Freund, ein guter Freund ...*

Der Maskierte setzte die rasiermesserscharfe Klinge über ihrem Wangenknochen an und zog die Spitze unter leichtem Druck von links nach rechts, vom Nasenrücken bis fast zum Ohr hinüber. Eine dünne, rote Linie zeichnete den vom Stahl eingeschlagenen Weg nach. Die Frau bäumte sich ruckartig in ihren Fesseln auf und stöhnte gedämpft hinter dem Knebel. Der Mann verlagerte seinen Griff um die Waffe, packte das Messer quer, so daß die Klinge parallel zu seinem Daumen lag. Dann begann er, an dem eben angebrachten Schnitt ansetzend, seiner Gefangenen die Haut von der gesamten rechten Gesichtshälfte abzuschälen. Er drückte die Klinge leicht unter die Haut, die an dem haarfeinen Riß aufklaffte, preßte von außen den Daumen dagegen und zog sie mit einem feuchten Schmatzen in zehncentstückgroßen Läppchen ab. Das rohe Fleisch, das darunter zum Vorschein kam, glitzerte scharlachrot und begann augenblicklich zu wässern und leicht zu bluten. Die Frau schrie nun vergeblich in ihren Knebel hinein.

Nachdem er ihre Wange vollständig bloßgelegt hatte, wischte er Finger und Skalpell am Futter seines braunen Tweedjacketts sauber, nahm einen Schluck aus der geöffnet neben ihm stehenden Schnapsflasche und griff anschließend in die große schwarze Werkzeugtasche, die neben seinem Stuhl auf dem welligen Linoleumboden der Küche stand. Er hob etwas heraus, das starke Ähnlichkeit mit einem überdimensionalen Korkenzieher hatte; dieses armlange, offensichtlich selbstgefertigte Werkzeug fest in beiden Fäusten, drehte der Maskierte sich wieder zu seinem hilflos an den Küchentisch gefesselten Opfer um ...

Bizeps grunzte zufrieden und schaufelte sich eine Ladung gesalzenes Popcorn in den Mund. Das war ein Film nach seinem Geschmack! Als der Maskierte der wehrlosen Frau schließlich den gesamten Unterkörper zerfetzt hatte und sich ihre Gedärme wie hawaianische Blumenkränze um Hals und Schultern legte, war Bizeps kurz davor zu applaudieren. Diese Effekte! Gerade noch rechtzeitig besann er sich darauf, daß er nicht allein im Kino saß, schaute betreten quer über die Sitzreihen und beschränkte sich darauf, die zahlreichen Popcornkrumen aus den Falten seines geringelten Sweaters und seines beachtlichen Bauches zu klauben.

Außer ihm befanden sich noch mindestens zehn weitere Personen im Zuschauerraum des kleinen Brooklyner Schmuddelkinos, die sich wie er an den neuesten Untaten von Robert 'Robbie' Dawson, einem geistesgestörten Mädchenschänder, ergötzten. *Blutige Fotzen* hieß dieser Teil der endlosen Schlitzerserie, es war das elfte Sequel, um genau zu sein, und die wenigen Zuschauer waren augenscheinlich ebenso krank wie der unsagbar dämliche Titel. Zum Teil handelte es sich um Teenager, die sich an der Kasse vorbeigedrückt hatten und nun mit gewollt lockeren Kommentaren zum Filmgeschehen gegenseitig ihre persönliche Härte unter Beweis zu stellen suchten, dabei mannhaft ihren Brechreiz unterdrückend. Die andere Hälfte der Leute bestand aus diesen bebrillten, hoffnungslos verklemmten Typen mit lichtem Haar und extrem männlichem Schnurrbart, die gewöhnlich irgendwo in den hinteren Sitzreihen hocken und sich zwischen den Falten ihrer Trenchcoats bei jeder Gemetzelszene einen runterholen. Bizeps schaute auf.

Der Maskierte war mittlerweile dazu übergegangen, die Schädeldecke des Mädchens mit einem Dosenöffner zu bearbeiten, den er in einer Schublade gefunden hatte, und irgendwo weiter rechts in einer hinteren Sitzreihe hatte ein besonders hartes Bürschchen seinen Würgereflex nicht mehr unterdrükken können und verspritzte unter nicht unbeträchtlicher Geräuschentwicklung den Inhalt seines Magens über den speckigen Kordbezug der Sitzreihe vor sich. Bizeps war derartiges gewöhnt, er kümmerte sich kaum um das Publikum; die Filme waren es, weswegen er regelmäßig den Weg hierher fand und sich für drei Dollar pro Doppelvorstellung die härtesten der billigen und die billigsten der harten Undergroundfilme reinzog ... er stand auf anspruchsvolle cineastische Unterhaltung! Genußvoll lehnte er sich zurück und widmete sich wieder Robbie Dawson.

Plötzlich klopfte ihm jemand auf die Schulter. Bizeps wandte sich um und erblickte im Halbdunkel einen schmächtigen, schwarzen Burschen mit Ansätzen zur Afro-Frisur, Anfang Dreißig, der, angetan mit Jeans und Nike-Shirt, hinter seinem Sitz stand.

„John Torsi? Eingewanderter Halbitaliener, übler Schläger, diverse Vorstrafen? Sind Sie das?"

„Und wenn's so wäre?" entgegnete Bizeps schlau. Seine ohnehin kleinen Augen verengten sich zu kaum noch wahrnehmbaren Sicheln. „Wer will das wissen?"

„Entschuldigen Sie meine forsche Anrede, Mister Torsi, aber es geht um eine wichtige Angelegenheit. Mein Name ist Harry B. Brimner. Würde es Ihnen etwas ausmachen, mir nach draußen zu folgen?" Sein Gesicht verzog sich, als die Brünette im Film einen weiteren markerschütternden Schrei ausstieß. Er blickte kurz und angewidert zur Leinwand. „Hier ist wohl kaum der rechte Ort, um das zu besprechen, weswegen ich Sie aufgesucht habe."

„Aber der Film ist gut ... und noch nicht mal zur Hälfte durch!" monierte Bizeps, hin- und hergerissen zwischen gutmütiger Neugierde einerseits, was dieser Bursche wohl von ihm wollen mochte, und gerechtfertigtem Ärger andererseits, der sich in dem Drang äußerte, diesem Spargel dafür, daß er ihn in seinem Vergnügen zu stören wagte, ordentlich die Faust in den Schlund zu rammen. Er beschloß jedoch, mit letzterem vorläufig noch zu warten, und entschied stattdessen, aus dem Wunsch des Knaben, sich mit ihm zu unterhalten, irgendeinen Profit zu schlagen.

„Ich hab' Hunger", bemerkte er gedankenverloren.

„Nebenan ist eine Pizzeria!" konterte Brimner sofort.

„Überredet!" rief Bizeps, der dies nur allzugut wußte und dessen Taufname tatsächlich John Torsi lautete, und erhob sich geschmeidig.

Eine gute halbe Stunde und eine unglaublich große Familienpizza später (von der Brimner eines und Torsi sieben Achtel verspeist hatte) lehnte sich Bizeps gemütlich in einem der erbärmlich krächzenden weißen Plastikstühle von *Peppino's-Take-away-Pizza* zurück, leerte seine dritte oder vierte Dose Coors und zerquetschte sie beiläufig mit der linken Hand. Brimner war sich nicht im klaren darüber, ob sein Gegenüber nun Links- oder Rechtshänder war – gefressen hatte er jedenfalls mit beiden Pranken gleichermaßen schnell und gierig. Als John Torsi mit einem markerschütternden Rülpser die Konversation, die bei Ankunft der Pizza mehr oder weniger zum Erliegen gekommen war, wieder aufnahm, kehrten seine Gedanken jedoch rasch zu wichtigeren Dingen zurück.

„Also John, ... ich darf Sie doch John nennen, oder?"

„Sie dürfen fast alles, wenn Sie mir nur genug dafür bezahlen, Mann!" brummte Torsi. „Meine Freunde nennen mich immer nur Bizeps."

„Ha, ha, wie spaßig. Also, es geht um folgendes, Bizeps, ..."

„Für Sie *John*!"

Brimner schloß die Augen und verfluchte innerlich den Namen Charles Nicholson. Aber was tat man nicht alles für einen Freund ...?

Unbeirrt steuerte der nur leicht angetrunkene Torsi gut zwei Stunden später seinen blitzblanken, nagelneuen Geo Storm durch den regen Abendverkehr von Brooklyn. Woher eine Gestalt wie er das Geld für einen Neuwagen, egal welcher Marke, nehmen mochte, entzog sich Brimners Vorstellungsvermögen. Wenn er es sich genau überlegte, wollte er es auch gar nicht wissen.

Sie kamen an eine Fußgängerampel; das Signal für die Autofahrer sprang eben auf rot, und eine Mutter mit einem schätzungsweise achtjährigen Knaben betrat von rechts die Fahrbahn. In kindlichem Übermut lief der Junge seiner Mutter einige Schritte voraus und befand sich sogleich in der Mitte von

Torsis Fahrbahnstreifen. Ungeachtet des roten Lichtes über seinem Kopf blendete Bizeps mit einem Mal auf und stieg voll aufs Gas. Der leichte Sportwagen schoß vorwärts, und nur durch die Geistesgegenwart seiner Mutter, die ihn blitzartig in ihre Richtung zurückriß, entging der Junge dem Schicksal, als breiige Masse unter John Torsis Stoßdämpfern zu enden. Der Geo sauste noch ein Stück weiter, dann blendete Bizeps ab und paßte seine Geschwindigkeit wieder dem Fluß des Verkehrs an. Ein unzufriedenes Grunzen entrang sich seiner Kehle – er haßte Kinder!

Brimner, der das nur wenige Sekunden dauernde Geschehen vom Beifahrersitz aus mit geweiteten Augen verfolgt hatte, schluckte hart. Nicht zum erstenmal in seinem Leben fragte er sich, wie er es wieder fertiggebracht haben mochte, sich in eine derart unbeschreibliche Situation reinzumanövrieren – mit einem dreihundert Pfund schweren, muskelbepackten Schwerkriminellen in einen winzigen Sportwagen gepfercht, auf dem besten Wege dazu, mit überhöhter Geschwindigkeit in eine noch wesentlich kriminellere, unter Umständen ziemlich lebensgefährliche Geschichte hineinzuschlittern – das war selbst für einen Versager wie ihn eine reife Leistung! Er begann, sich selbst zum wiederholten Male aus tiefstem Herzen zu hassen.

Keine fünfzehn Minuten darauf hatten sie ihr Ziel erreicht; Bizeps lenkte sein Gefährt in eine dunkle Seitengasse im tiefsten Herzen der City, die exakt so aussah, als würde sie ausschließlich von Nutten, Straßenräubern und Serienmördern zur Ausübung ihrer Geschäfte genutzt. Es war eine typische Klischeegasse, fand Brimner, mit hohen, feuchten Backsteinwänden zu beiden Seiten, jeder Menge umgestürzten Blechmülltonnen auf den Gehsteigen und neun von zehn Straßenlaternen in defektem Zustand. Bereits zu Beginn ihrer Fahrt, als Torsi verkündet hatte, daß sie ihr vertrauliches Gespräch nun (nach der dritten aufgesuchten Kneipe, wobei Brimner jeweils für die Zeche aufgekommen war ...) am besten in seinen eigenen vier Wänden fortführen sollten, hatte Brimner im Stillen geargwöhnt, daß sie sich auf dem Weg zu just solch einer widerwärtigen Örtlichkeit befanden. Als er jedoch nun seine Vorahnungen in derart detailfreudiger Weise bestätigt sah, konnte er sich kaum eines selbstmitleidigen Grinsens erwehren. Fehlt nur noch, dachte er, daß an der Stirnseite gleich eine massive Hauswand auftaucht, um diesen Weg als die Sackgasse-eines-jeden-Alptraumes zu definieren. Prompt näherten sie sich dem Ende der Gasse, das – wie hätte es anders sein können – von einer schmierigen, unerklimmbar glattschwarzen Mauer gebildet wurde, der zu Füßen sich (*natürlich!*) in Kartons und vermodernden Papiertüten der Unrat vieler Jahre und Haushalte türmte. Brimner schloß die Augen und seufzte. Hätte er sich nicht so unglaublich scheiße gefühlt, er hätte wahrscheinlich lachen müssen, vermutete er. Was war das bloß wieder für ein Tag!

Doch in diesem Moment geschah etwas, das das gesamte Szenario dann selbst für einen schlechten Film endgültig zu unglaubwürdig werden ließ – und das Brimner nicht zum ersten Mal vor Augen führte, daß eben nichts so unvorhersehbar ist wie die Realität! Torsi verlangsamte die Fahrt, brachte den Geo ein kurzes Stück vor der Wand zum Stehen und griff neben sich in die Türablage. Er holte einen kleinen, schwarzen Kasten daraus hervor und betätigte einen eckigen Knopf in dessen Gehäuse. Darauf schob sich mit einem kaum wahrnehmbaren Summen ein großes Stück der Mauer einfach nach oben und gab den Blick frei auf eine geräumige, mit allen erdenklichen Werkzeugen und einer gehörigen Portion Elektronik ausgestattete Garage, in der neben dem freien Stellplatz, auf den Torsi seinen Geo nun manövrierte, noch ein aufgemotzter, totalverchromter Jeep Wrangler stand, der offenbar ebenfalls ihm gehörte. Brimner war sprachlos, und das sagte er auch.

„Ich bin sprachlos“, sagte er.

„Das macht nichts“, entgegnete Bizeps jovial, klopfte Brimner auf die Schulter und bedeutete ihm, mit ihm zu dem kleinen Fahrstuhl in der hintersten Ecke zu kommen, der sie beide nach oben in Torsis Penthouse bringen würde.

Brimner stand einen Moment lang bewegungsunfähig im Raum, dann folgte er, wobei er mit einem Blick auf die goldverzierte Verkleidung der Fahrstuhltür bei sich dachte, daß der Tag vielleicht doch nicht so übel würde enden müssen, wie er angefangen hatte ...

## 3
## *Schnauze voll, Affe tot*

Ich fuhr mit dem Zeigefinger tief in meinen Rachen und gab diesem herunterhängenden Ding ganz hinten einen gehörigen Stoß. Der Würgereflex kam prompt. Nachdem ich mein gesamtes Frühstück sowie einen nicht unbeträchtlichen Teil meines gestrigen Abendessens in die Kloschüssel verlagert hatte, fühlte ich mich etwas besser, die Magenkrämpfe hatten sich vorläufig gelegt. Eines der viereinhalb tiefgefrorenen Fischfilets, die ich mir am vorigen Abend mit meinem Mastiff Dodo geteilt hatte, war scheinbar nicht mehr ganz in Ordnung gewesen. Ich wischte mir den Mund mit etwas Toilettenpapier sauber und ging zurück ins Büro, wo nach wie vor Brimner mit unbewegtem Gesicht saß.

„Besser?" fragte er.

„Es geht. Was geschah dann? Ihr wart also an seiner Wohnung angekommen. Und weiter? Was konntest du erreichen?"

„Okay, paß auf!" Brimner räusperte sich umständlich. „Torsi kennt Sterbini, kennt ihn sogar gut, und weiß über diverse Angelegenheiten Bescheid, die Sterbini wohl lieber vor der Allgemeinheit geheimhalten würde. Ganz wie ich vermutete. Außerdem verfügt er nach wie vor über die Connections, herauszufinden, warum der Don hinter diesem haitianischen Pillendreher her ist ... wie hieß er doch?"

„*Bresbois*", rief ich ihm ins Gedächtnis zurück und stieß säuerlich auf.

„Exakt ... ich sollte es eigentlich mittlerweile wissen – warum, erzähle ich dir später. Das Problem ist nun jedenfalls folgendes: Aus durchaus nachvollziehbaren, vornehmlich auf die Erhaltung seiner körperlichen Unversehrtheit abzielenden Gründen bewegt sich Torsis Motivation, uns gegen den Don beizustehen – und sei es nur durch das Beschaffen bestimmter Informationen oder das Stellen bestimmter Fragen an bestimmte Personen –, in eng abgesteckten Grenzen. Gerade weil er Antonio Sterbini aus verschiedenen ‘geschäftlichen’ Angelegenheiten heraus gut kennt, beziehungsweise einschätzen kann, wie der darauf zu reagieren pflegt, wenn ihm jemand dumm kommt, hat Torsi mir klar zu verstehen gegeben, daß er absolut keinen Bock hat, mit uns zusammenzuarbeiten.“

„Shit!“ Eine bedrückende Pause entstand, in der ich das Vergnügen hatte, dem Rumoren meiner eigenen Gedärme lauschen zu können.

„Geld?“ fragte ich nach einem Moment des Überlegens ohne große Hoffnung. „Du hast doch erzählt, der Kerl sei käuflich wie ein Stück Brot!“

„Obgleich er ohne Zweifel ein bewundernswert asoziales Arschloch und höchst beachtlich misanthropischer Rotzlöffel ist, läßt er uns in finanzieller Hinsicht doch wie kleine Würstchen dastehen – auch wenn er optisch einen anderen Eindruck macht. Aber wenn dieser Mensch Geld braucht, dann beschafft er sich welches, auch ohne daß ihm zwei wildfremde, dahergelaufene Nigger ein paar Bucks für irgendwelche Informationen bieten, die ihn um Kopf und Kragen bringen könnten. Nee, Bestechung scheidet wohl aus, obwohl ich damit zugeben muß, daß die im voraus von mir eingeholten Informationen über ihn nicht ganz den Tatsachen entsprechen.“

„Verdammt, gibt es denn keine Möglichkeit, ihn auf unsere Seite zu bringen? Ich komme mir in dieser vermaledeiten Sache langsam ganz schön verloren vor – besonders, weil ich bisher immer noch nichts über den Verbleib dieses merkwürdigen alten Knilchs herausbekommen habe. Was zum Teufel hast du denn eigentlich die ganze letzte Nacht mit diesem Schläger getrieben? Kannst du mittlerweile nicht irgendwie die Kumpel-Schiene strapazieren oder so was?!“

„Nun ... wir haben ‘ne Menge zusammen gebechert, ziemlich viel dummes Zeug geredet und festgestellt, daß wir einige überraschend ähnlich gelagerte Interessen bezüglich unserer Freizeitgestaltung haben ... wir stehen zum Beispiel beide ganz schön auf Shagtabak-gestreckten Eiershit, oralen Sex und Spaghetti Carbonara ... aber wie ich schon sagte – das Risiko ist ihm einfach zu hoch, und eigentlich hat er auch nicht halb soviel gegen Sterbini, wie ich läuten gehört hatte ... "

„Ich fasse es nicht!" stieß ich hervor. „Ich bange hier um meine nackte Existenz und kämpfe nebenbei gegen einen äußerst aggressiven Darmverschluß, während du dich mit einem vorbestraften Schwerkriminellen rumtreibst, kiffst, säufst und tiefgreifende Gespräche über deine Sexualpraktiken führst! Ich ... ich brauche was zu trinken!"

Als hätte er meine Reaktion vorausgesehen, zog Brimner eine Flasche Calvados aus der Tasche seines über der Rückenlehne des Stuhles hängenden Mantels und füllte die vor mir stehende leere Kaffeetasse bis zum Rand.

„Sorry, Nick", meinte er entschuldigend. Ich trank schweigend und ex.

Eine Stunde nachdem Brimner gegangen war, fühlte ich mich so mies wie selten zuvor; die verfluchte Freßorgie von gestern abend hatte mich in der Zwischenzeit noch mehrmals aufs Klo forciert, und weder Brimner noch ich hatten vor seinem Abgang einen auch nur annäherungsweise produktiven Einfall gehabt ... zugegeben, wir hatten uns auch hauptsächlich um die Vernichtung der Calvadosflasche und deren ebenfalls in Brimners Mantel verborgener Zwillingsschwester gekümmert.

Dumm war die Lage trotzdem; Torsi, beziehungsweise sein Wissen über Sterbini und dessen Hintergründe, hätte eine Art Lebensversicherung für mich darstellen können, nur für den Fall, daß ich diesen Bresbois nicht aufzufinden in der Lage sein sollte ... was ich natürlich für völlig ausgeschlossen hielt. Aber man konnte schließlich nie wissen. Mit irgendeinem Trumpf in der Hinterpfote, und sei es nur das Wissen um die Rückendeckung durch einen skrupellosen Visagenzertrümmerer vom Kaliber eines John Torsi gewesen, hätte ich in dieser Nacht vermutlich wesentlich besser schlafen können. C'est la vie ...

Etwas später begab ich mich nach Hause, von wo aus ich noch einige Telefonnummern von Flughafenangestellten abklapperte, die bei meiner Befragungstour am Mittwoch nicht erreichbar gewesen waren. Wie ich es vorhergesehen hatte, konnte sich keiner der Flugbegleiter des PanAm-Fluges 372 an Ti-Samuel Christophe Bresbois erinnern, beziehungsweise bestätigen, ob er nun an Bord der Maschine gewesen war oder nicht. Optimal.

In dieser Nacht hatte ich einen seltsamen Traum: Ich tauchte, mit Lungenautomat und allem Firlefanz ausgestattet, im kristallklaren Wasser der Karibik. Plötzlich verspürte ich eine mächtige Wasserbewegung hinter meinem Rücken und wendete den Kopf. Ein gewaltiger Pottwal näherte sich mir bedächtig von hinten, dann war er, ohne mich richtig zur Kenntnis genommen zu haben, auch schon an mir vorübergeglitten. Erleichtert blickte ich dem Koloß nach, als das Grauenhafte geschah: Der Schließmuskel des Giganten weitete sich, und eine monströse, grünbraune Masse begann sich ihren Weg ins Freie zu suchen. Länger und länger wurde das Gebilde, eine monolithische Anhäufung archaisch-grotesker Walfischkacke, bis sie sich schließlich mit einem satten Schmatzen, das selbst unter Wasser weithin vernehmbar war, von seinem Anus löste und ihre materielle Schwere innerhalb des Wassers zu erproben begann. Mit schreckgeweiteten Augen gewahrte ich plötzlich, daß diese wurstförmige Zusammenballung, die mindestens die Ausmaße eines Pontiac-Kleinbusses hatte, zielstrebig, vermutlich von einer makaber-boshaften Strömung geleitet, direkt auf mich zu trieb! Ich wandte mich um und versuchte, davonzuschwimmen, doch auch hinter mir schien sich soeben ein riesiger Meeressäuger seines Darminhaltes entledigt zu haben, denn auch hier fand ich lediglich eine ungeheuerliche Menge Scheiße im Wasser treibend! Ich drehte mich seitwärts, rückwärts, schwamm um mein Leben, aber überall trieb die gottverdammte Walkacke, kreiste mich ein, bedrängte mich, und dann ... *dann* ... berührte auch schon der erste Ausläufer einer

Exkrementenschlange mein *Gesicht* – feucht und schmierig und unsagbar ekelhaft!

Mit einem Schrei fuhr ich aus dem Bett hoch, um meinen Mastiff Dodo halb auf meinem Brustkorb lehnend vorzufinden, eifrig damit beschäftigt, mein Gesicht mit seiner feuchten, schmierigen und unsagbar ekelhaften Zunge abzulecken. Ich rappelte mich hoch und verpaßte ihm einen liebevollen Tritt, der ihn in die andere Ecke des Zimmers beförderte. Dann ging ich erleichtert duschen.

Doch meine Laune hatte sich im Vergleich zum Vorabend nur geringfügig gebessert, hatte mir doch selbst mein Unterbewußtsein durch diesen bizarr-widerwärtigen Traum zu verstehen gegeben, wie meine gegenwärtige Situation einzuschätzen war. Wenig später fuhr ich, eigentlich nur, um mein Gewissen zu beruhigen, ins Büro zurück und rauchte dort erst mal meine Morgenhavanna.

Unfähig, einen kreativen Gedanken zu fassen, sinnierte ich über verschiedene Taktiken und von *Miller's Private Eye-Compendium Vol. I–III* offerierte Vorgehensweisen vor mich hin. Als ich mir, genervt vom Thema abschweifend, gerade zum weiß-ich-wievielten Mal in meinem Leben träge darüber Gedanken zu machen begann, was die kryptischen Schriftzeichen auf der Bauchbinde meines Räucherwerks wohl in Gottes Namen bedeuten mochten, schrillte das Telefon. Mit einem erschreckten Keuchen fuhr ich hoch, die Zigarre gab ihre innige Verbindung mit meinem Mundwinkel auf und plumpste unästhetisch auf meine Schreibtischunterlage, die prompt einen unschönen Brandfleck davontrug. Ungehalten drückte ich das teure Gerät am Rand meines Aschenbechers vorläufig aus, fuhr mir instinktiv mit der Rechten rasch durch die spärlich gewordenen Haare und nahm ab.

Es war Brimner.

Noch bevor ich Zeit fand, meiner Verwunderung darüber Ausdruck zu verleihen, daß er zu dieser gottlosen Zeit (es war nicht einmal zehn Uhr durch!) schon auf den Beinen war, attackierte er mich mit einem wahren Wortschwall, und wie sich herausstellen sollte, war der Anlaß seines Anrufs nicht eben gänzlich unwichtiger Natur.

„Mann, Nick!“ begrüßte er mich respektlos. „Ich wälze mich hier eben so schlaftrunken von einer Seite auf die andere, da fällt mir plötzlich keulenschlagartig ein: Habe gestern doch glatt nach alter Hirnamputiertenmanier vergessen, dir vom zweiten Ergebnis meiner Nachforschungen zu erzählen ... du mußt schon entschuldigen, aber ich hatte mir das extra für den Schluß meines Besuches aufgehoben – wollte so ein bißchen die ‘Und-jetzt-die-gute-Nachricht’-Tour praktizieren, he, he ...“

„Ach?“ entgegnete ich desinteressiert und suchte in den Taschen meines Jacketts nach einem Feuerzeug, um die Havanna wieder anzuzünden; klang nicht gerade so, als würde ich jetzt gleich weltumstürzlerisch Neues erfahren.

„Ja, Mann! Ich sagte dir doch, daß ich mal meine alte Freundin Claire beim *Evening Star* anchecken wollte ... ja, genau *die* Claire – ist ja auch egal! Auf jeden Fall erklärte sie sich erstaunlich schnell dazu bereit, mir Zugang zu sämtlichen Archiven der Zeitung zu gewähren! Ist das nicht sagenhaft?! Sie muß mich ja in bester, um nicht zu sagen: *phänomenaler* Erinnerung behalten haben seit damals ... wie lange mag es her sein – zweieinhalb Jahre? Drei?“

„Ich will deine Illusionen ja nicht zerstören, alter Freund, aber soweit ich weiß, hat jeder dahergelaufene Penner Zutritt zum öffentlichen Archiv des *Star*,“ bemerkte ich zwischen zwei paffenden Zügen, „aber laß dich nicht unterbrechen.“

Es war einen Moment still in der Leitung. Dann hörte ich ein leises Räuspern.

„Na ja, eh ... wie dem auch sei, gelohnt hat es sich allemal. Halt dich fest: Ich weiß jetzt, wen wir suchen!!!“

„Tatsächlich?“

„Ja, verdammt, und ich hatte recht: Sein Name tauchte tatsächlich kürzlich geballt in den Schlagzeilen auf, und nicht nur kürzlich! Seit er vor knapp zwei Jahren herübergekommen ist, war seine Person regelmäßiger in den Schlagzeilen zu finden als ... nun, laß sagen ... als, ähh ..."

„Komm zum Punkt, Mann!"

„... und du errätst nie, in welchem Zusammenhang! Er hat für 'The Truth' gearbeitet, hat für sie Publicity gemacht wie ein Irrer. Ist das nicht ein Ding?"

„... du ... 'The ... Truth'? Du meinst die Sekte ...?"

„Ja, ganz genau *die* meine ich! Diese bekloppten Fanatiker, du weißt schon, die seit gut fünf Jahren drauf und dran sind, sich hierzulande ein richtiges kleines Imperium aufzubauen. Auf religiös getrimmte Geldmacherei, genau wie die meisten anderen dieser Gruppierungen – aber in unverhältnismäßig größerem Stil!"

„Ich kenne sie, Harry, und du errätst deinerseits nie, wo sie mir zuletzt unter..."

„Klappe, Freund, jetzt rede ich! Also, ich habe mal – mit Unterstützung von Freund Computer, versteht sich – die letzten zwei Jahre nach Artikeln rund um den Namen 'Bresbois' durchforstet, und anhand der üppigen Meldungen, die ich hierzu vorfand, kann ich, dein Lieblingskumpel und Helfer in allen Lebenslagen, dir jetzt einen ziemlich genauen Abriß seiner letzten beiden Lebensjahre in Amerika und außerdem in groben Zügen von seiner Vergangenheit in Übersee abliefern! Klasse, eh?"

„Harry, ich muß dir ..."

„Ich beginne: Geboren ist er, ganz wie uns der liebe Signore Sterbini anvertraut hat, in Morne-au-diable. Mit 16 siedelte er dann um nach Haiti, wo er bis zum Alter von schätzungsweise sechzig Jahren lebte – wenngleich keiner der Korrespondenten konkret hat angeben können, wann er exakt geboren wurde. Den Berichten zufolge muß er dort lange Jahre eine Art Schamane oder Medizinmann der dortigen Eingeborenen gewesen sein und es in dieser Profession zu beachtlichen Fähigkeiten gebracht haben; worin genau diese bestanden haben mögen, darüber war leider nichts zu finden. Vor zwei Jahren kam er schließlich aus ungeklärtem Anlaß in die Staaten und nahm über irgendwelche Umwege Kontakt zu der uns wohlbekannten, pseudo-religiösen Kommerzsekte 'The Truth' auf, für die er von nun an regelmäßig publikumswirksame Freiveranstaltungen, sogenannte 'Meditationskollektive' und andere obskure Zaubervorstellungen abhielt, bei denen er offenbar die während seiner Zeit auf Haiti erlernten Kunststückchen zum Besten gab – du glaubst nicht, wieviele Artikel ich hierzu gefunden habe ... einer nichtssagender als der andere übrigens. Es sollte mich wundern, wenn du nicht auch mal davon gelesen hättest. Na, egal. Als er sich einige Zeit später jedenfalls wieder von der Sekte lösen und nach Haiti zurückkehren wollte, machten die Fanatiker – nachvollziehbarerweise äußerst unwillig, ihren Goldesel zu verlieren – Bresbois drogenabhängig und nahmen ihn unter Verschluß ... das ist zumindest, was ich zwischen den Zeilen herausgelesen habe und was man anscheinend in der Zeit, als die Geschichte aktuell war, auch allerorts lauthals gemutmaßt hat. In einer spektakulären Befreiungsaktion, die den Angaben zufolge interessanterweise eine übermäßig hohe Zahl von Todesopfern gefordert haben soll, konnte er sich jedoch schließlich vor etwa drei Wochen befreien und ist entkommen. Die betreffenden Artikel hättest du mal lesen müssen – ein bißchen *sehr* grotesk, die ganze Angelegenheit! Bresbois muß mit ungeklärten Mitteln ein Riesenfeuer gelegt haben, die Bullen haben zu Dutzenden verkohlte Leichen abtransportieren müssen ... aber richtig abgefackelt ist dieses Sektenzentrum trotzdem irgendwie nicht ...

Wie auch immer, es sieht ganz so aus, als hätten deine italienischen Freunde Bresbois von diesem Punkt an fleißig überwacht und erst am Flughafen, von wo aus er wieder Richtung Heimat abschwirren wollte, kürzlich wieder verloren.

Na, was sagst du nun – war das eine fruchtbare Recherche oder was? Aber du wolltest zwischenzeitlich etwas sagen, was ...?"

Ich hängte auf. *'The Truth'* – das war tatsächlich ein Hammer! Ich hatte doch gleich geahnt, daß die Tatsache, auf die ich während meiner Ermittlungen am Flughafen gestoßen war, und die ich Kramartz in der furchtbaren Kneipe geflissentlich vorenthalten hatte, noch eine Rolle spielen würde ... daß es sich bei dieser denkwürdigen Koinzidenz keineswegs bloß um einen Zufall gehandelt haben konnte!

Just an dem Donnerstag nämlich, an dem Ti-Samuel Christophe Bresbois, der 'Voodoopriester aus der Karibik', das Land hatte verlassen wollen, war es, sofern ich den Aussagen diverser Flughafenangestellter Glauben schenken durfte, auf dem Flughafengelände zu einer größeren, unangekündigten Demonstrationsveranstaltung exakt jener Sekte 'The Truth' gekommen! Unzählige Gruppen von Sektenmitgliedern waren, dem Personal der Terminals und dem *Daily Chronicle* von letzter Woche (den ich meinerseits in einem Anfall von spontaner Recherchierungswut konsultiert hatte) zufolge, in sämtlichen Schalter- und Wartehallen umhergelaufen, hatten Passanten angelabert und zentnerweise Flugblätter unters Volk geworfen. In der Haupthalle schienen sie sogar mehrere Informationsstände und Transparentenhalter errichtet zu haben, und zahlreiche tunikabewandete Menschheitsretter hatten mit Megaphonen bewaffnet lauthals irgendwelche essentiellen Botschaften verkündet – bis schließlich nach knapp einer Stunde Flughafenpolizei und reguläre Cops dem aufdringlichen Zauber ein Ende gemacht hatten. Wenige Minuten später verließ dann Flug Nummer 372 das Rollfeld in Richtung Haiti ...

Die Schlüsse, die ich aus diesem Zusammentreffen von nun gar nicht mehr *so* unzusammenhängend erscheinenden Komponenten ziehen konnte, waren immens! Ich bereute fast, Brimner, der mir ja quasi das logistische Verbindungsglied geliefert hatte, so unhöflich abgewürgt zu haben, doch bevor ich mir darüber Gedanken machen konnte, hämmerte es mit einem Mal heftig von außen gegen die Türe.

„Zieh Leine, ich hab' geschlossen!“ rief ich, nachdem mich ein rascher Blick auf meine goldene Regent (Geschenk eines zufriedenen Klienten – wie lange war *das* schon her?) davon in

Kenntnis gesetzt hatte, daß es noch nicht einmal halb elf war. Schon schickte ich mich an, nach einem raschen Schluck aus einer der diversen Flaschen, die Brimner gestern abend lobenswerterweise hiergelassen hatte, dessen Nummer zu wählen und ihn von den beneidenwerten kombinatorischen Höhenflügen meines Hirns in Kenntnis zu setzen, als die Tür zum Flur so wuchtig aufgerissen wurde, daß ich um die alten, selten geölten Angeln fürchten mußte.

Im Türrahmen stand ein Bär von einem Mann, ein Hüne mit kurzgeschorenem, ziemlich linkisch blond gefärbtem Haar und einem vorspringenden, unglaublich breiten Kinn, das ihn in meinen verquollenen Augen verfluchtnochmal wie einen *Pottwal* aussehen ließ. Er trug einen rot-grau gestreiften Sweater und enganliegende blaue Jeans, die seine Beine im Vergleich zu seinem tonnenförmigen Oberkörper grotesk dünn aussehen ließen.

„Nicholson?" wollte der ungebetene Eindringling wissen. Ich schreckte hoch.

„Wer sind Sie? Was wollen Sie?" war das einzige, was ich ob meines spontan desolaten geistigen Zustandes hervorzustoßen in der Lage war.

„Sind Sie Charles Nicholson, der Kumpel von Harry?" wollte der Fremde zum zweiten Mal wissen. Mir kam ein Gedanke, um wen es sich hier handeln könnte, und ich nickte zaghaft.

„Gut!" ließ der Schrank vernehmen und fiel in meinen Besuchersessel. „Ich bin Bizeps!" erklärte er. Nun ließ auch ich mich einigermaßen erleichtert in meinen Stuhl zurücksinken. Ich hatte richtig vermutet!

Jetzt galt es lediglich herauszufinden, was den unangenehmen Burschen hierherführte; während ich mir meine in der Schrecksekunde ausgegangene Zigarre zum wohl zehnten Mal für heute neu anzündete, stellte ich erstaunt fest, daß die Augen des Halbitalieners jene Art entzündlicher Rötung aufwiesen, die üblicherweise dann auftritt, wenn man eine oder mehrere Nächte damit zugebracht hat, sich die Seele aus dem Leib zu heulen. Wortlos bot ich ihm eine Zigarette an, die er mit einer Handbewegung ablehnte. Schließlich kam ich nicht umhin, ihn nach dem Grund seines Hierseins zu fragen.

„Ich bin dabei", meinte er schlicht, zog ein grobes Taschentuch von der Größe einer Tischdecke hervor und schnaubte sich geräuschvoll die Nase.

„Wie darf ich das verstehen, Mister Torsi?" fragte ich dümmlich.

„Gegen Sterbini. Ich bin dabei. Ich habe bereits für heute Nachmittag ein Treffen mit zwei alten Bekannten arrangiert, die mir vermutlich sagen können, was Don Sterbini an diesem Südsee-Heini so wichtig findet. Ich rufe Sie oder Harry an, sobald ich was herausgefunden habe."

„Ach?" wagte ich anzumerken. „Darf ich mir die Frage erlauben, wie ich Ihren abrupten Sinneswandel ..." Doch Torsi stand bereits auf.

„Ich melde mich!" sagte er zum Abschied, zog die Nase hoch und ging. Ich blieb verwirrt und gleichzeitig ungeheuer glücklich zurück. Dann griff ich zum Telefon und wählte Brimners Nummer.

Kaum hatte ich die Ziffernfolge eingegeben, die Brimner mir kürzlich dagelassen hatte für den Fall, daß ich ihn dringend und zu nachtschlafender Zeit erreichen müsse (das hieß für ihn normalerweise: vor ein Uhr mittags), bekam ich unerwarteterdings eine Dame mit verflucht rauchigem Organ und ordentlich Sex in der Stimme an den Apparat. Automatisch wollte ich meine patentierte Ferngesprächs-Aufreiß-Nummer abspulen, die ich für den Fall, daß ich mich vielversprechend verwählte, stets parat hatte („... tut mir leid, Kleine, aber ich bin Privatdetektiv und muß dich bitten, mir auf die folgenden Fragen *absolut wahrheitsgetreu* zu antworten ..."), da erinnerte ich mich, daß Brimner laut eigener Aussage zur Zeit mit einer Weißen namens Eleonor zusammenlebte. Wenn man seinen Worten Glauben schenken durfte, konnte sie verdammt gut kochen, noch besser einen blasen und am allerbesten im richtigen Moment die Schnauze halten. Frauen, die in diesem Geschäft keine dummen Fragen stellten, konnte man erfahrungsgemäß mit der Lupe suchen; daher beneidete ich Harry spontan ein wenig um seine Neue ... und noch ein bißchen mehr, falls sie tatsächlich so gut blies, wie er behauptete.

„Hallo, hier ist Charles Nicholson," riß ich mich zusammen, „ich hätte gerne Harry Brimner gesprochen, wenn das ginge ..."

„Wenn's der Alte ist – *ich bin nicht da*!!" hörte ich Brimners eingeschnappte Stimme aus dem Hintergrund.

„Sagen Sie ihm, es sei dringend", bat ich Eleonor, die sich daraufhin anschickte, ihm das Telefon ans Bett zu bringen. Ich seufzte neiderfüllt, dann weihte ich meinen Kollegen in die neue Entwicklung ein.

## 4
## *Gut Kind will Keile haben*

Brimner stieg in seinen schrottreifen 76er Golf und knallte die Tür zu, wobei sich der Außenspiegel mit einem erleichterten „Pling“ aus der Halterung löste, und ließ den Motor an. Es war später Nachmittag, und während er sich vom Fahrbahnrand in den fließenden Verkehr einordnete, dachte er angestrengt über das nach, was ihm Bizeps vor einer halben Stunde am Telefon mitgeteilt hatte; diesbezüglich war er sich immer noch nicht sicher, ob er nun an Torsis Verstand zu zweifeln hatte (dessen spontaner Stimmungsumschwung in Sachen Sterbini ihm ohnehin noch einige Rätsel aufgab), oder – was er für erheblich wahrscheinlicher hielt – an dem des Mafia-Chefs. *Reanimation!* Das mußte man sich mal vorstellen. Voodoo-Kulte, lächerliche Beschwörungen ... und daran sollte das Oberhaupt des organisierten New Yorker Verbrechens glauben – im zwanzigsten Jahrhundert?? Grübelnd raste er ohne zu blinken um die Kurve, die ihn in die Straße führte, wo das Detektivbüro Nicholson im dritten Stock eines heruntergekommenen alten Verwaltungsgebäudes vor sich hinvegetierte. Nick würde ihm gehörig den Kopf waschen, wenn er mit so einem hirnverbrannten Unsinn daherkam ... aber was sollte er machen?

Als er wenige Minuten später das Büro betrat (die Tür war abgeschlossen, aber jeder Zehnjährige war in der Lage, das billige Schloß mit einer Sicherheitsnadel und etwas Geduld zu öffnen – Brimner pflegte dies stets mit einem kräftigen Fußtritt zu tun, wenn er es eilig hatte), war niemand da. Der Herr Meisterdetektiv war vermutlich nochmals zum Flughafen gefahren, um irgendwelche Nachforschungen zu betreiben, vermutete er ... oder er war schlicht in irgendeinem Bordell, wogegen allerdings die relativ frühe Tageszeit sprach – es war gerade mal Zeit zum Kaffeetrinken. Brimner entschloß sich deshalb notgedrungen, die Rückkehr seines

Freundes hier abzuwarten, eine Entscheidung, die er noch für entschieden vernünftiger hielt, nachdem er in einem Spind hinter der Tür einen bisher unangetasteten Vorrat an Puschkin Wodka entdeckt hatte ... so blieb ihm wenigstens Zeit, sich zurechtzulegen, wie er die groteske Botschaft am effektivsten übermitteln konnte!

Ich befand mich in ebendieser Minute tatsächlich am Flughafen, um genau zu sein, auf einer der zahlreichen Toiletten. Angewidert versuchte ich, mit dem holzig-glatten Billigpapier, das sie hier für die Fluggäste bereitlegten, mein Hinterteil von den Resten des rektalen Ausflusses zu befreien, der mich seit heute morgen unmittelbar nach Bizeps' Abgang plagte; scheinbar als Resultat meiner gestrigen Magenverstimmung hatte sich mein Körper entschlossen, mich mit einem mehr als heftigen Durchfall zu erfreuen, der mich in kurzweiligen Fünfminuten-Intervallen panisch zur nächsten Kloschüssel sprinten ließ. Dennoch war meine Laune besser als während der vorangegangenen Tage – ich hatte eine erste heiße Spur. Der (wie hätte es anders sein können?) *letzte* Steward auf meiner Liste, der auf dem Flug 372 nach Haiti an Bord gewesen war, hatte mir schließlich ohne jeden Zweifel bestätigen können, daß der Platz, den Bresbois reserviert hatte, die Nummer 129 nämlich, definitiv *nicht* besetzt gewesen war. Das brachte mich einen gehörigen Schritt weiter, bestätigte es doch diverse Vermutungen, die ich mich in der Zwischenzeit anzustellen ereifert hatte!

Ich beschloß, während ich die Spülung zog und gewaltige Massen kotverschmierten Klopapiers auf eine strudelnde Reise in die flughafeneigenen Kanalisationen schickte, mich am frühen Abend bei Kramartz in der unsäglichen Kneipe zu melden und dann, falls er darauf bestand, daß die Ermittlungen auch innerhalb des neuen, relativ eng abgegrenzten Verdächtigenspektrums von niemand anderem als mir weitergeführt werden sollten (wovon ich ob des bodenlos geringen IQs von Sterbinis eigenen Männern fest ausging), zielstrebig diese mehr als verdächtige Sekte 'The Truth' anzuchecken. Daß diese etwas mit dem Verschwinden von Bresbois zu tun haben mußte, schien mir so verdammt klar, wie mein Stuhlgang flüssig war.

Da es allerdings erst halb sechs war, machte ich vorher noch einen Abstecher in mein Büro, um nachzusehen, ob Torsi oder Brimner eine Nachricht auf meinem Anrufbeantworter hinterlassen hatten ... meinem ganzen Stolz übrigens, den ich erst kürzlich, nach einem unerwarteten Glücksfall (Tyson hatte wider Erwarten doch noch gewonnen und die Quote 4:1 gestanden!), angeschafft hatte; dabei war ich weniger einer zwingenden beruflichen Notwendigkeit nachgekommen als vielmehr Brimners Ratschlägen, die besagten, eine Detektei ohne Anrufbeantworter sei in etwa wie „eine Mieze ohne Tit-ten, har, har!" Nun ja. Jedenfalls besaß ich jetzt einen und hegte und pflegte das nicht gerade billige Stück, seit ich es seiner schützenden Verpackung entnommen hatte.

Während der Fahrt fand ich Gelegenheit, Bekanntschaft mit dem wohl dümmsten Werbeslogan der Menschheitsgeschichte zu machen; hinter mir fuhr die ganze Zeit über ein Kleintransporter dessen knallbunt-protzigen Aufschrift voller Überzeugung verkündete: *Luigis Canneloni – und der Tag wird ein Erfolg!* Laut lachte ich über die Geistesarmut des Werbemanagers, fuhr beim nächsten Supermarkt rechts ran und kaufte mir zwei Vorratspackungen von Luigis Canneloni – *Erfolg* war exakt das, was ich jetzt brauchen konnte! Der Tatsache, daß der betreffende Nudeltransporter auch während der gesamten restlichen Strecke hinter mir blieb, exakt bis ich mein Büro erreichte, und schließlich ebenfalls just vor diesem Gebäude zu parken schien, maß ich zu diesem Zeitpunkt noch keinerlei Bedeutung bei.

Viel interessanter fand ich momentan, daß das Mysterium um John Torsis plötzlichen Parteiwechsel indes ein gewisses Maß an Klärung zu erfahren schien. Ich hatte vor einer guten halben Stunde an einem Kiosk die Spätausgabe des *Daily Chronicle* mitgenommen, in der ich nach kurzem, unmotiviertem Blättern während meines letzten Besuches auf dem Flughafen-WC die folgende, vielsagende Todesanzeige abgedruckt fand:

*„Völlig unerwartet und schmerzlich verließ mich*
*meine geliebte*
*ANGELICA ROSALETTI.*
*Ich werde Dich nie vergessen! Dein Bizeps.“*

Als Todesdatum war der gestrige Mittwoch angegeben. Das einzige, was mir dazu einfiel, war, daß eventuell Sterbini oder einer seiner Speichellecker die Hand im Spiel gehabt hatte in bezug auf den plötzlichen Tod von Torsis Geliebter. Letzterer mochte irgendwann zwischen seiner Sauftour mit Brimner und seinem Auftritt in meinem Büro davon erfahren haben, hatte die Anzeige geschaltet und war prompt bei mir aufgelaufen.

Vielleicht war es tatsächlich dies, was Torsi so unnachvollziehbarerweise motiviert hatte, uns doch zu unterstützen. Aber wie dem auch sein mochte, ich fand vorläufig keine Gelegenheit, meine zugegebenermaßen recht weit hergeholte Vermutung zu bestätigen.

Als ich in mein Büro trat, traf ich auf einen mehr oder weniger alkoholisierten Brimner, der gerade eifrig dabei war, die Einzelteile eines Elektrogerätes, das er unmittelbar vor meiner Ankunft vom Schreibtisch gefegt zu haben schien, wieder in das Plastikgehäuse zurückzustopfen. Resignierend stellte ich fest, daß es sich bei dem Gerät um – na was wohl? – meinen Anrufbeantworter, Modell Panasonic KX-T 8007 G, handelte, nahm Brimner die Puschkin-Flasche aus der Hand, knallte sie vor ihm auf den Tisch und ließ mich ihm gegenüber nieder. Er begrüßte mich mit leicht gerötetem Gesicht und tischte mir anschließend stammelnd und vorgebend, Torsi habe ihn angerufen und ihm genau folgendes erzählt, eine der unglaubwürdigsten Räuberpistolen auf, die ich Zeit meines Lebens gehört hatte.

Nach einer Viertelstunde lehnte ich mich in meinem Stuhl zurück, zündete eine Havanna aus dem Geheimvorrat im doppelten Boden meiner obersten Schreibtischschublade an (Brimner stand zwar im allgemeinen weniger auf Zigarren, aber wenn er irgendwo schmarotzen konnte, rauchte er fast alles – daher dieses trickreiche Versteck) und blickte mein Gegenüber traurig an. Harry rülpste explosiv. Ein Hauch von Wodka lag in der Luft.

„Okay, Harry, was ist dir lieber? Daß ich gleich die Klapse anrufe und dich einweisen lasse ... (ich machte eine Pause und saugte effektheischend an meiner Zigarre), oder daß ich dich lieber in hohem Bogen rausschmeiße, warte, bis du wieder nüchtern bist, und dich dann meinen zerstörten Anrufbeantworter ersetzen lasse? Entscheide dich!"

Brimner schaute zu Boden. Dann sagte er: „Scheiße!"

Ich sah ihn fragend an.

„Hätte ich bloß nichts von deinem blöden Wodka inhaliert, Nick. Dann würdest du mir jetzt vielleicht eher glauben; aber ich hab' es Bizeps ja am Anfang auch nicht abgenommen, verdammt!"

„So, so." Wenn Brimner *bedauerte*, Alkohol getrunken zu haben, mußte es wirklich um etwas Ernstes gehen; ich jedenfalls hatte Vergleichbares bisher noch nie bei ihm erlebt.

„Paß mal auf", setzte ich an und beugte mich wieder vor. „Ich fasse jetzt mal diese ganze seltsame Story, die du mir da eben aufgetischt hast, zusammen, und wenn ich an eine Stelle komme, die ich irgendwie mißverstanden habe oder die du vorhin im Puschkin-Trauma versaut hast, unterbrichst du mich, alles klar?" Er nickte wie ein Irrer mit dem Kopf.

„Also: Unser Freund Ti-Samuel Christophe Bresbois hat auf Haiti nicht nur die fünfzehn Unterarten des gemeinen Regentanzes gelernt und wie man tierhaften Buschmännern Dornen und Vorhäute entfernt, sondern auch eine ... *Technik* namens ..."

„Voodoo!" platzte Brimner rein. „Keine Technik, es ... eine Art Zauberkunst ist das, man ..."

„Schnauze! Mittels welcher man, wenn man eben Lust darauf hat, jeden kürzlich verstorbenen Leichnam ins Leben oder zumindest so was Ähnliches zurückholen kann – richtig?"

„Und das Ergebnis ist dann ein ..."

„Ein *Zombie*, ich weiß!" Ich zog heftig an meiner Zigarre. „Aber damit nicht genug, Antonio 'Don' Sterbini, der größte Waffenschieber, Dealer und Kehlendurchschneider von ganz New York, bekommt Wind von dieser Sache, *glaubt* den ganzen Mist und heuert spontan *mich* an, um von Bresbois' Gabe profitieren zu können, sobald ich ihn gefunden habe. Soweit korrekt?"

„Erinnere dich, Nick," sagte Brimner, der allmählich wieder klarer zu werden schien, „vor einiger Zeit stand da was in der Zeitung, daß eine gewisse Lucille Bretano ... oder so ähnlich – jedenfalls die verhätschelte kleine Nutte von Sterbini –, bei einer Hasch-Orgie in seiner Villa am Eaton Place im Swimmingpool ersoffen ist! Dämmert dir jetzt was?"

„Mir dämmert, daß sie wohl etwas mehr gewesen sein muß als seine kleine, verhätschelte Nutte, wenn Antonio Sterbini plötzlich anfängt, an irgendsoeinen Südsee-Hokuspokus zu glauben – was übrigens noch längst nicht gesagt ist!"

„Aber das würde erklären, warum der Don es unter dem Teppich halten will – es ist ihm selber peinlich! Und Bizeps ..."

„Woher will Torsi denn diese tolle Information haben, heh? Siehst du, darüber hält er natürlich sein Maul. Er hat dich maßlos verarscht, Harry, das ist alles, und nun gib mal die Flasche rüber, ich brauche jetzt auch einen Schluck!"

„Hier."

„Danke ... die ist ja leer!"

„Hab' ich was anderes behauptet?"

Als ich am späten Abend nach Hause fuhr, hatte ich mich endlich für eine bestimmte Vorgehensweise entschieden. Ich würde noch ein bißchen nach diesem haitianischen Wunderdoktor suchen, ihn finden, bei Sterbini abliefern, meinen Anteil einsacken und schleunigst verschwinden. Was kümmerten mich denn Sterbinis Hintergründe, verdammt? Sollte Bizeps doch recht haben, wenn er wollte, mir war egal, wozu der Don Bresbois haben wollte. Von mir aus konnte Sterbini ihn zu Geschnetzeltem verarbeiten und auf dem Markt für drei Dollar fünfzig das Pfund verkaufen; meine Existenzängste, gegen die ich als Rückversicherung am Anfang auch gerne etwas über Sterbinis Motivationen gewußt hätte (apropos – hatte mir das nicht ohnehin nur wieder Brimner eingeredet??), waren seit meiner neuen Spur so gut wie verschwunden. Mir war klar, daß diese 'Truth'-Burschen sich Bresbois irgendwie geschnappt hatten – ich mußte ihn jetzt nur noch finden. Alles in Butter also.

Während ich in die Tiefgarage unter dem Mietblock rollte, in dem sich mein Apartment befand, fiel mein Blick im Zwielicht der zu 60% defekten Neonbeleuchtung auf ein mir bekanntes Fahrzeug. Direkt neben der Parkbucht mit dem Kennzeichen meines Wagens ragte ein Kleintransporter mit der Werbeaufschrift *Luigis Canneloni – und der Tag wird ein Erfolg!* in die Höhe. Ich stellte mein Auto daneben ab, verriegelte die Tür und fühlte mich plötzlich erinnert, daß ich die verfluchten Nudeln ja in dem kleinen Eisfach in meinem Büro liegengelassen hatte! Zu blöd. Na ja, vielleicht hatte ich noch ein Tiefkühlfischfilet übrig ... vielleicht auch besser nicht!

Als ich mich an dem Laster vorbeigedrückt hatte und in Richtung Aufzug weitergehen wollte, fiel mir plötzlich eine schwere Hand auf die Schulter!

„Stop, Kamerad!" ertönte eine kehlige Baßstimme ganz dicht neben meinem Ohr. Da spürte ich einen ziemlich voluminösen Pistolenlauf sich in den Rücken meines Mantels bohren! „Du stellen die falschen Fragen an die falschen Orten, eh?" trachtete eine weitere Stimme von der anderen Seite des Lieferwagens zu erfahren. Ich wurde nach vorne gestoßen, taumelte zwischen den beiden Wagen hervor, fiel auf die Knie und landete in einer mannslangen Pfütze Wagenöl.

Die Tiefgarage war wie ausgestorben!

Nun kamen zwei massive Gestalten von beiden Seiten um

den Nudelwagen herum auf mich zu. Der eine war von ausgemachter Häßlichkeit, gut 400 Pfund wabbeligen Fleisches und schmieriger Haarpomade auf zwei Beinen, der andere fiel mir hauptsächlich dadurch auf, daß er eine ziemlich bedrohlich wirkende, stupsnasige Walter P38 direkt auf mein Gesicht gerichtet hielt. Ich hob die Hände über den Kopf.

„Sehr schlau von dir", fand der Pistolenträger und kam näher. Ich besah ihn mir genauer, und sofort fiel mir das fehlende linke Ohrläppchen auf, das Erkennungszeichen der Männer Sterbinis und aller anderen Menschen, die dumm genug sind, sich das linke Ohrläppchen entfernen zu lassen. Er trug ein bordeauxfarbenes Jackett und blankpolierte schwarze Lackschuhe. Seinem Kollegen baumelte eine fingerdicke Goldkette um den ochsenartigen Hals, und er war ebenfalls in maßgeschneiderte Markenklamotten gehüllt (die bei seinen Ausmaßen bestimmt nicht einfach herzustellen gewesen waren). Er förderte nun mit seiner einen unglaublich breiten Hand eine asiatische Schlagwaffe, zwei mit einer Kette verbundene Eisenstangen, Chacko genannt, zutage, mit der anderen zerrte er eine in seiner Jackentasche verborgene Tüte Grillo's-Chips auf und schaufelte sich eine Ladung davon in seinen sabbernden Mund. Ich fühlte mich auf einmal gar nicht wohl!

„Was ... was wollen Sie?" fragte ich und eröffnete damit mit der klischeehaftesten Phrase, die man, in der Tiefgarage auf solche Art und Weise angegangen, überhaupt benutzen kann.

„Uns etwas zu Ohre komme," stimmte der Pistolero, scheinbar der Anführer des furiosen Duos, an, „nemmlich daß du fragen über wer Bresbois sein und warum unsere Maestro wollen Aufenthaltsort wissen von die Bresbois!"

„Das halte ich für ziemlich unwahrscheinlich!" gab ich zurück und rappelte mich aus meiner Ölpfütze hoch. „Ich habe keine Ahnung, wovon Sie ..." Ein Fehler!

Der Chacko des Fettsackes wirbelte mit einer vom Auge kaum nachvollziehbaren Geschwindigkeit herum, ich hörte ein Surren, dann explodierten Sterne vor meinen Augen. Ich schlug erneut auf den Boden, diesmal mit dem Gesicht frontal in die Pfütze, und verlor das Bewußtsein.

Als ich wieder zu mir kam, lag ich auf der Sofaliege in meiner Wohnung. Mein Mundinnenraum schmeckte penetrant nach Blut und Altöl, und ein heftig pochender Schmerz auf meiner Stirn ließ vermuten, daß sich dort soeben eine Beule von der Größe eines Straußeneis breitmachte. Ich versuchte mich aufzurichten, aber die bunten Kugeln, die augenblicklich zwischen meinen Schläfen zerplatzten und mein Gesichtsfeld einnahmen, ließen es mir ratsamer erscheinen, noch einen Moment liegenzubleiben.

Ich war allein. Und, was noch viel verwunderlicher war, die beiden italienischen Intelligenzquallen hatten noch nicht mal meine Einrichtung verwüstet, wie es sonst in allen schlechten Detektivfilmen die Norm war. Entweder hatten sie ihre Zuständigkeit (zumindest für diesen Abend) bereits überschritten, indem sie mich K.O. geschlagen hatten, oder sie waren schlicht und einfach zu ungebildet, um dieses ungeschriebene Böse-Buben-Gesetz zu beherrschen. Der Sinn und Zweck ihrer Vorstellung war mir mit oder ohne Beule am Schädel hinreichend klar: Irgendwie mußten Brimners und meine bisherigen Recherchen sowie die Informationsquelle von John Torsi – und damit auch dessen Verbindung zu mir – meinem Auftraggeber bekanntgeworden sein, und er beabsichtigte mir freundlichst zu verstehen zu geben, daß ich meinen Niggerzinken aus seinen Angelegenheiten gefälligst rauszuhalten hatte. Mir wurde schwindelig – ich hatte tatsächlich mit meinem Leben gespielt, indem ich versucht hatte, Sterbini zu hintergehen, in gewisser Weise ... und tat es de facto immer noch, wenn ich nicht schleunigst brauchbare Ergebnisse anschleppte! Das konnte heiter werden.

Nach zwei Minuten rappelte ich mich auf und wankte, mich an allen verfügbaren Möbelstücken auf meinem Weg festklammernd, in Richtung Bad, um mir das Gesicht mit kaltem Wasser abzuspülen. Kurz bevor mir der Geruch in die Nase stieg, kam mir der Gedanke, warum Dodo, mein vierbeiniger Hausgenosse, die beiden widerlichen Eindringlinge eigentlich nicht attackiert hatte, zum Schutze seines Herrn und so weiter? Wo steckte die Töhle eigentlich? Dann, kurz vor der Badtür angelangt, gewahrte ich besagten Geruch, eine widerwärtig süßliche Mischung aus frischer Hundescheiße, warmer Fleischwurst und geschmolzenem Blei. Dann trat ich in den Türrahmen, und ein Blick ins Badezimmer beantwortete mir sowohl die Frage, was hier so eigenartig stank, als auch die, wo mein Hund steckte.

Der gesamte Kachelboden des Raumes war bedeckt von einem breiigen, leuchtend roten Mulch, aus dem hier und dort dicklichere Brocken reliefartig aufragten. Auch Fellstücke und grobe weißliche Knochenfragmente zierten die sämige Masse, die augenscheinlich bis vor wenigen Stunden mein langjähriger Gefährte Dodo gewesen war! Ich stürzte durch den glitschigen Brei, riß den Klodeckel hoch und erbrach mich.

Nachdem ich mir Tränen und Erbrochenes aus dem Gesicht gewischt hatte, holte ich eine Schaufel aus dem Putzschrank und begann damit, die Riesensauerei aus meiner Wohnung zu entfernen. Es war eine unangenehme Arbeit; in einem kleinen Häufchen weißlichen Schleims, hartgekochtem Eiweiß nicht unähnlich (ich unterließ geflissentlich jeden Gedanken an den wahren Ursprung der Masse), stieß ich schließlich auf Dodos Lederhalsband, ein großes Stück seiner heilgebliebenen Kehle, sowie die Gartenhacke, mit der die beiden Unmenschen ihre Tat verrichtet hatten. Ich kotzte wieder, bis nur noch Galle den Weg durch meine Kehle fand.

Eine gute Stunde später hatte ich das Badezimmer ungefähr in seinen Urzustand zurückversetzt, den Müllsack mit Dodos Überresten unten im Hof in den Container geworfen, meine Kleidung gewechselt und eine halbe Flasche Korn auf den dumpf pochenden Verlust in meiner Brust gekippt. Zugegeben, genau wie meinen Freund und Kollegen Harry hatte ich Dodo für 75% von dem, was er tat und von sich gab (in Dodos

Fall maßgeblich große Mengen Haare und noch größere Mengen Speichel und Scheiße), zutiefst gehaßt, aber wenn man jahrelang mit einer Kreatur auf engstem Raum zusammenlebt, entwickelt sich nun mal zwangsläufig so etwas wie Zuneigung. Wie oft hatten wir uns abends gemeinsam schlechte Fernsehsendungen angesehen, riesige Mengen von Tiefkühlpizzen und Fischfilets zusammen vernichtet und nachts beim Gassigehen im Park junge Frauen erschreckt ... es waren einfach gute Jahre gewesen; teure Jahre zwar – man sollte nicht glauben, was ein derart großer Hund im Jahr an Steuern und Unterhaltskosten verschlingt –, aber nichtsdestotrotz *gute* Jahre. Wer würde mich nun nach einem langen Tag im Büro, an dem sich wieder kein einziger Klient hatte blicken lassen, zuhause erwarten, mir ruhig beim Schimpfen über diese beschissene Welt zuhören (zumindest, bis er sein Abendessen im Napf hatte ...) und sich mit mir Lettermans Late-Night-Show ansehen? Wer?

Ich trank aus und versuchte mich zu besinnen. Ich mußte mich vorsehen, sonst brauchte ich ohnehin bald niemanden mehr, der mich abends zuhause erwartete – weil ich nämlich nicht mehr nach Hause kommen würde. Die Warnung Sterbinis war so direkt wie ein Tritt in die Eier ... und ich hatte mich noch darüber gewundert, daß die beiden Spaghettifresser meine Möbel verschont hatten! Niedergeschlagen griff ich zum Telefon und rief Brimner an.

Guten, sauberen und noch dazu billigen Sex innerhalb von Brooklyn zu bekommen, war ein Ding der Unmöglichkeit, soviel war Brimner klar. Da legte man lieber ein paar Bucks mehr hin oder man fuhr in ein angenehmeres Viertel. Da Bizeps aus Erfahrung zu sagen wußte, daß Rigoni ein geiziger Schweinehund war, vermuteten die beiden, daß er sich längst in einen Linienbus (Taxis waren schließlich viel zu teuer!) gesetzt hatte und mittlerweile meilenweit von hier entfernt durch die Pampas bumste. Brimner knirschte mit den Zähnen.

„Und du bist sicher, John, daß es Rigoni war, der Nicks Hund getötet hat?“ wollte er wissen, während sie beide in

Torsis Wrangler einstiegen.

„Ganz sicher! Die Beschreibung, die dein Freund dir vorhin am Telefon gegeben hat, trifft so hundertprozentig zu, wie ich Torsi heiße, außerdem ist Rigoni ein schmieriger Lump und zur Zeit Sterbinis höchstgeschätzter und meisteingesetzter Gefolgsmann. Er muß es gewesen sein!“

Sie rollten aus der getarnten Garage, und Torsi verschloß das Tor mit der Fernbedienung.

„Und du meinst, wir finden das Schwein?“ erkundigte sich Brimner, während er vorsichtshalber den Gurt anlegte.

„Ich kenne sein Lieblingsbordell drüben in Manhattan. Er geht *immer* dorthin, wenn er eine gelungene Aktion zu feiern hat. Ich habe keinen Zweifel, daß er in diesem Moment dort ist und sich die Eier runzlig fickt!“

Sie schwiegen eine Weile. Dann sprach Torsi: „Die Sache mit dem Hund hat deinen Kumpel ganz schön mitgenommen, was? Er sieht zwar so aus, als könne er einiges wegstecken, aber ... ich kenne das. Ich weiß, was es heißt, jemanden zu verlieren ...“ Er verstummte, dann schaltete er das Autoradio ein. Es lief ‘Everybody hurts’ von R.E.M. *Na sowas*, dachte Brimner und kam sich schon wieder vor wie in einem schlechten Film.

Als sie wenig später Manhattan erreicht hatten und versuchten, sich anhand der unübersichtlichen Verkehrsschilder einen Weg durch den nie abreißen wollenden Feierabendverkehr zu bahnen, überkam Brimner erneut Skepsis.

„Denkst du, es ist richtig, was wir hier machen? Ich meine, das kann doch ganz schön gefährlich werden, nicht nur für uns, auch für Nick ...“

„Hör mir mal zu!“ sagte Bizeps und blickte kurz zu Brimner hinüber. „Dein Freund ist mir sympathisch. Don Sterbini nicht. Rigoni ist ein Arschloch, mit dem ich ohnehin noch eine Sache offenhabe. Mein Pumpgun ist durchgeladen. Was schließen wir daraus?“ Brimner bemerkte unangenehm berührt die riesige Schrotflinte mit dem abgesägten Lauf, die hinter Bizeps auf der Rückbank des Wrangler lag. Er kam sich mit seiner Handtaschenberetta auf einmal ziemlich lächerlich vor.

„Richtig!“ schloß Bizeps. „Wir blasen ihn aus!“

Obschon Brimner eine etwas weniger drastische Ausdrucksweise bevorzugt hätte, schloß er sich Torsis Sichtweise zögernd an. Er hatte sich mit Nicks Hund zwar nie sonderlich gut vertragen (er erinnerte sich da vor allem an einen Besuch in dessen Wohnung, bei dem der riesige Mastiff ihm derart ans Bein gepinkelt hatte, daß er seine neuen Lederslipper über dem Klo hatte auswringen müssen), aber er war vorhin mehr als bestürzt gewesen, als Charles ihm am Telefon, schockiert und ziemlich aufgelöst, berichtet hatte, was sich zugetragen hatte. Spontan hatten er und Torsi beschlossen, den Hund zu rächen, zumal Bizeps, nachdem er die Beschreibung der beiden Italiener über Lautsprecher mitgehört hatte, auf einmal ein mehr als nur oberflächliches Interesse zeigte, den Verantwortlichen für diese Tat, den er augenblicklich als Marco Rigoni zu identifizieren vermochte, auszuradieren ...

Bald hatte Bizeps die rote Leuchtreklame des ‘Sodoma’s Ghost’, eines stilvollen und bemerkenswert günstigen Bordells in einem Außenbezirk von Manhattan, erspäht, zog ruckartig rechts raus und parkte direkt vor dem ausladenden roten Baldachin am Eingang, was einige weitere Verkehrsteilnehmer mit wütendem Hupen quittierten. Bizeps sprang aus dem Wagen (er bewegte sich wahrhaftig um einiges geschmeidiger, als man es ihm zutrauen sollte, fand Brimner Zeit zu bemerken), schwenkte mit der Flinte kurz in die Runde, und augenblicklich verstummte das Hupkonzert. Ohne sich die Mühe zu machen, die Waffe irgendwie zu verbergen, schritt er zügig durch die kitschige roséfarbene Drehtür in die Eingangshalle des Puffs. Brimner sah ihm verwundert nach, dann folgte er schulterzuckend.

Nachdem John Torsi dem Knaben an der Theke unmißverständlich zu verstehen gegeben hatte, daß es wirklich von ausserordentlicher Dringlichkeit sei zu erfahren, wo es ein gewisser Marco Rigoni denn augenblicklich triebe (*Was eine handliche Flinte doch so alles bewirken kann*, dachte Brimner), stiegen sie raschen Schrittes die Treppen nach oben in den dritten Stock.

Sie eilten den pompös mit rotem und schwarzem Plüsch ausstaffierten Flur entlang, kamen zu 'Atelier' Nr. 31, hielten sich nicht damit auf, anzuklopfen, traten die (natürlich) verschlossene Tür ein und sahen sich eilig um. Während Bizeps sich den Nebenraum vornahm, observierte Brimner, der in der Aufregung bisher ganz vergessen hatte, seine Waffe zu ziehen, das Badezimmer. Hier fand er in einer riesigen runden Sprudelbadewanne aus Plexiglas, in deren Wänden echte Goldfische auf und ab schwammen, einen stämmigen, öligen Mann vor, der aus einem großen Kelch eine Flüssigkeit schlürfte, die aussah wie Sekt, vermutlich jedoch eher brauseartiger Zusammensetzung war, wenn man Rigonis Geiz in Betracht zog. Durch das parfümierte Wasser konnte Brimner seinen massigen, unfaßbar behaarten Körper inklusive gerötetem Genitalbereich erkennen; die Augen des Italieners waren genußvoll geschlossen, er rechnete scheinbar mit der Rückkehr seiner Gespielin vom WC oder woher sie sonst zurückkommen mochte.

„Was das für Krach, *Amore*?" wollte er wissen und grinste anzüglich. „Komm her! Marcos *cazzo* könnte noch ein kleines Massage vertragen, *avanti*!" Er schlug die Augen auf.

Brimner, überwältigt von dem Ekel, den ihm dieser widerwärtige Vertreter der menschlichen Rasse einflößte, stand mit offenem Mund dümmlich glotzend mitten im Raum. Rigoni hingegen, mit Instinkten versehen, die nach Jahren illegaler und krimineller Aktivitäten geschärft waren wie ein Schlachtermesser, reagierte blitzartig. Er fuhr aus der Wanne hoch (*Was für einen widerlichen roten Schwanz er hat!* stellte Brimner grinsend fest), griff neben sich auf den Boden, wo sein Jackett lag, und entriß ihm eine ziemlich abgenutzt aussehende Derringer.

„Du verdammtes Nigger! Wie kannst du wagen; mich hier zu störe, *Cretino*? Dir blas' ich Hirn raus!" Er lachte fett und hob die Hand mit der Derringer.

„Einen Augenblick bitte!" gab Brimner von sich, der hinter sich das schwere, zornige Atmen von Bizeps in der Tür vernahm. „Hier scheint sich eine winzige semantische Ungenauigkeit eingeschlichen zu haben. Keineswegs wirst du *mir* das Hirn rauspusten, lieber spaghettifressender Mitbürger," – er trat zur Seite und wies auf die Tür zum Schlafzimmer – „vielmehr wird mein sympathischer Freund hier *dein* schäbiges Denkzentrum auf den Fußboden befördern. Du bist Geschichte, Marco!"

Zwei gezielte Schüsse aus Bizeps Pumpgun später war Marco Rigoni wahrhaftig Geschichte – über den gesamten Kachelboden und die Goldfischbadewanne verspritzte Geschichte, wohlgemerkt. „Schöne Grüße von Dodo", murmelte Brimner ergriffen, zog seine Camels aus der Tasche und gab sich Feuer. Währenddessen steckte Torsi flugs der eben von der Toilette zurückkehrenden Nutte einen Fünfziger in den sich schon zum Loskreischen öffnenden, rotgeschminkten Mund. Prompt schloß sich dieser wieder, und die Kleine entschwand schneller als man „Was kostet die Stunde hier?" sagen konnte. Mit einem bewundernden Blick bot Brimner Bizeps eine Zigarette an, die dieser dankend akzeptierte. Dann fuhren sie zurück.

Als Bizeps nach dem anschließenden Besäufnis mit Brimner, den er noch rasch nach Hause gekarrt hatte (der Kleine vertrug wirklich *einiges*, grinste er), bei sich zuhause ankam, war er rechtschaffen müde. Der Tag war lang und arbeitsaufwendig gewesen, Marco, dieser alte Schwanzlutscher, aber immerhin endlich ins Land seiner Ahnen befördert, und seine Zielfähigkeit mit der alten Luise, die jetzt verdientermaßen wieder auf dem Rücksitz schlummerte, erneut unter Beweis gestellt. Ein guter Tag! Er stieg in den Fahrstuhl, fuhr nach oben in seine Wohnung und warf, ohne das Licht anzuschalten, seine Jakke auf das Sofa. In seinen Hosentaschen hatte er noch einige Schrotpatronen für das Gewehr, und mit diesen in der einen,

Luise in der anderen Hand, schritt er durch das Dunkel zu seinem Waffenschrank hinüber, um beides an seinen Platz zurückzustellen. Da ging mit einem Mal die gesamte Penthouse-Beleuchtung an, und Bizeps gewahrte einen winzigen, geschmackvoll gekleideten Italiener mit einer überdimensionalen Lugerpistole in der Hand, der in seinem Lieblingsessel saß, die Fernbedienung für die Lichtschalter neben sich. Er grinste höhnisch.

„*Marcelotti*", keuchte Bizeps, schlagartig wieder völlig nüchtern.

„Ganz recht, mein lieber Torsi ... ach nein, *Bizeps* lassen Sie sich ja gerne nennen, nicht wahr, he, he. Ja, Bizeps, Mario Marcelotti ist mein werter Name. Wir kennen uns bereits, richtig?"

Bizeps schluckte vor Wut. Marcelotti war seit eineinhalb Jahren der inthronisierte Statthalter und Stellvertreter Sterbinis, dessen rechte Hand und Berater. Die zweitmächtigste Person in Unterweltkreisen. Was er sagte, das geschah, wenn vielleicht nicht augenblicklich, so doch spätestens, sobald es durch Sterbinis Mund kurz darauf wiederholt wurde.

Marcelotti! Bizeps kannte den wieselartigen, perfiden Kriminellen noch von einer ganz anderen Gelegenheit her; ER war es gewesen, der als erster von Sterbinis Bande an Angelica, *seine* Angelica, herangetreten war. Sie hatten sie auf ihren Parties drogenabhängig gemacht, und er hatte nichts dagegen tun können ... hatte es nicht gewagt! Doch er hätte nie gedacht, daß sie soweit gehen würden, sie ihm für immer wegzunehmen ... und nun saß diese Ausgeburt der Widerwärtigkeit hier vor ihm in seinem Sessel! Blitzartig schossen Bilder vom Durchladen seiner Waffe durch Bizeps' Geist, er sah sich bereits mit traumwandlerischer Zielsicherheit direkt ins Ziel treffen und Marcelottis Schädel in tausend Stücke zerbersten, da schüttelte der kleine Mann ruhig den Kopf.

„Ich an Ihrer Stelle würde das nicht tun, Torsi," bemerkte er, sich über Bizeps' Gedankengänge anscheinend durchaus im

Klaren, „denn selbst wenn es Ihnen gelingen sollte, mit Ihrer dinosaurierhaften Brachialflinte schneller zu zielen und zu schießen als ich mit meiner hübschen kleinen Freundin hier," – er hob die Hand mit der Luger – „glauben Sie doch nicht im Ernst, daß ich so dumm oder leichtsinnig wäre, mich Ihnen hier völlig allein und auf dem Präsentierteller auszuliefern, Sie Kleingeist. Bretoni? Craballo?"

Auf seine Worte hin lösten sich die Schatten zweier gewaltiger Italiener aus der hinter Marcelotti liegenden Türöffnung zu Bizeps' Küche. Der eine hielt ein nagelneues Hochdruckgewehr mit Laserzielvorrichtung in Händen und ließ den hauchfeinen roten Strahl beunruhigend routiniert über Bizeps' Gesicht hin- und herwischen, während der andere, eine extrem widerwärtige und außergewöhnlich übergewichtige Gestalt, wie Bizeps mit nicht geringem Abscheu zur Kenntnis nahm, sich gerade die Reste der kalten Lasagne vom Vortag, die er augenscheinlich in Bizeps' Kühlschrank entdeckt hatte, in seine grundlose Kehle schaufelte; mit der anderen Pranke entsicherte er beiläufig einen beachtlichen achtschüssigen Smith & Wesson-Revolver. Aus der Brusttasche seines Jacketts, ragte eine buntglänzende Tüte Kartoffelchips, neben der eine daumendicke, geschmacklose Goldkette über den Jackettkragen baumelte. Bizeps ließ resignierend die Flinte zu Boden sinken.

„Ich weiß, daß Sie mich nicht sonderlich schätzen, Torsi," untertrieb Marcelotti jetzt gnadenlos, „aber Sie werden Ihre Meinung über mich eventuell in nicht unbeträchtlichem Maße zu ändern bereit sein, wenn ich Ihnen das Angebot unterbreitet habe, wegen dem ich hierhergekommen bin. Ich habe bereits erfahren, was Sie mit Marco Rigoni gemacht haben, Torsi. Sie sind menschlicher Abfall, zweifellos – *Schmutz*, wissen Sie das? Es ist mir völlig unnachvollziehbar, was Sie bewogen haben mag, so einen hirnverbrannten Unfug zu machen, will sagen: nach den Hintergründen des Dons für diese Suchaktion zu forschen, indem Sie Pirrence und seinen schwulen Bruder ausquetschten ... und dann diese nahezu unverzeihliche Sache mit Rigoni ... nun ja, wie gesagt: *nahezu* unverzeihlich. Denn genaugenommen kann ich mir den Grund für Ihr plötzlich so erschreckend offensives Verhalten uns gegenüber bei näherer Betrachtung doch ungefähr vorstellen – und genau deswegen bin ich hier, mein Freund. Setzen Sie sich bitte.“

Der rote Punkt der Laserzielvorrichtung pendelte sich auf Bizeps’ Stirn ein, und die Waffe des Fettsackes zielte nun unablässig auf seine Leibesmitte, so daß Bizeps sich mit einem leisen Aufseufzen in den Marcelotti gegenüberstehenden Sessel sinken ließ. Er würde anhören, was man ihm zu sagen hatte – was blieb ihm anderes übrig?

## 5
## *Wo kein Weg ist, ist immer noch ein Ziel*

Früh am Morgen des nächsten Tages saß ich bereits in meinem Wagen und quälte mich durch den Stoßverkehr in Richtung Manhattan. Stundenlang hatte ich vergeblich durch die Gegend telefoniert, bis schließlich eine Werbebroschüre der Sekte, die bereits seit über drei Wochen in meinem Briefkasten gelegen hatte, mir ganz protzig deren Hauptgeschäftssitz verraten hatte. Und genau auf dem Weg zu 'The Truth' im wahrsten Sinne befand ich mich jetzt. Ich wollte *die Wahrheit* wissen ...

Der Morgen war auch ansonsten nicht gerade einfach gewesen; gewohnheitsmäßig hatte ich nach dem Aufstehen Dodos Futternapf mit ekelhaft stinkendem Dosenfutter gefüllt, als mir plötzlich wie ein Hammerschlag die Ereignisse des gestrigen Abends wieder zu Bewußtsein gekommen waren. Ich hatte den Napf mitsamt Inhalt fortgeworfen. Während des raschen Frühstücks mit Kaffee, Zeitung und Havanna hatte ich dann instinktiv ständig auf die schlabberige Geiferzunge meines Kameraden an meinem frischgewaschenen Hosenaufschlag gewartet, alle zwei Minuten zusammenzuckend, wenn mir wieder bewußt wurde, daß ich meine Hosen nie wieder aus diesem Grund in die Spezialreinigung würde geben müssen ...

Ich verdrängte jeden Gedanken an die Vergangenheit und versuchte, mich wieder wie der Mann zu benehmen, der ich nun einmal war: hart, kompromißlos und logisch-deduktiv! Ich zündete mir an der nächsten Ampel mit dem Zigarettenanzünder eine Lucky an und überlegte, wie ich vorgehen wollte, wenn ich bei 'The Truth' angekommen sein würde.

Knapp zwei Stunden später saß ich dem Leiter der New Yorker 'The Truth'-Zentrale, einem gewissen Arthur Massey, in dessen bonzigem Büro persönlich gegenüber. Es hatte mich eine ganze Menge Geduld und Beharrlichkeit gekostet, die diversen Hürden in Form von unkooperativen Sekretärinnen, unbedeutenden Vorzimmerhengsten und irgendwelchen Aushilfsstellvertretern zu überwinden, aber indem ich mich als reicher Autohersteller ausgab (gottseidank hatte ich heute morgen einen Anzug gewählt, der dieser Maskerade nicht unbedingt abträglich war), der eine Spende in mindestens sechsstelliger Höhe an die Sekte zu machen trachtete, gelang es mir schließlich, den Oberboß höchstselbst aus „einer wichtigen Besprechung“ (woher auch sonst?) zu reißen.

„Nun, Mister ... *Culwer*, richtig? Worum geht es bitte genau? Meine Privatsekretärin sagte mir nur, daß es dringend sei und Sie verlangten, mich persönlich zu sprechen.“

Massey war groß, muskulös gebaut und braungebrannt. Er hatte kurzgeschnittenes, dunkles Haar, ebenmäßige Zähne und trug ein kragenloses hellgrünes Karojackett, dessen Anschaffungswert meine monatlichen Einkünfte mindestens um das Dreifache überstieg. Ich schätzte, daß er, um seine ganze restliche optische Fassade zu erhalten, nochmal mehrere tausend Dollar im Monat investieren mußte. Aber scheinbar konnte *er* sich das leisten. Ich konnte mir vorstellen, daß die Frauen auf ihn standen – vornehmlich die über 50, reiche Witwen, deren Zaster schon Löcher in ihre teuren samtenen Rocktaschen sengte, und blonde, wildlederbejackte Schülerinnen mit rundgestelligen John-Lennon-Brillen, die ihn zum unerreichbaren gottgleichen Idol und Weltretter auserkoren. Ich stellte fest, daß ich ihn verabscheute.

„Mister Culwer? Darf ich Sie bitten, Ihr Anliegen vorzubringen, meine Zeit ist recht knapp bemessen!“

„Ähh ..., ja, natürlich. Verzeihung.“ *Du Arschloch!*

„Ich nehme an, es geht um eine Donation?“

„Eine wa..., ah ja, genau. Eine Donation will ich machen, das ist es! Eine verhältnismäßig hohe Donation, um ganz genau zu sein, Mister Massey!“

„Darf ich zunächst fragen, Mister Culwer, ob Sie selbst Mitglied bei uns sind, oder was Sie sonst zu Ihrem Entschluß bewogen hat?“

„Nun ..., ich selbst bin, das muß ich offen zugeben, Ihrem Glauben noch nicht beigetreten – was nicht heißt, daß dies in Zukunft nicht noch der Fall sein könnte, Mister Massey“, fügte ich sympathieheischend hinzu. „Es ist nur so, daß meine selige Frau Mutter begeisterter Anhänger Ihrer Religion war, und als sie kürzlich überraschend verschied ...“

„Das tut mir leid zu hören.“

„... war ihr letzter Wille, einen Teil des Vermögens, welches sie mir in Form von Anteilen an unserem Betrieb hinterließ, *Ihnen*, Mister Massey, zukommen zu lassen, auf daß Sie es zum Wohle Ihrer Organisation und der restlichen Welt einzusetzen verstünden!“ Ich atmete tief ein. Es war scheinbar doch noch etwas von dem Amateurschauspieler meiner Collegezeit in mir, stellte ich fest. Ich machte das ganz ausgezeichnet!

„Der Wille Ihrer Mutter also, so, so. Und dem wollen Sie nachkommen, ganz ohne sich, als Nichtmitglied, das Sie ja nun einmal sind, etwas eingehender zu informieren, welche Ziele unsere Glaubensbewegung eigentlich verfolgt?“ Er klang erstaunlich skeptisch. Ich mußte wohl etwas offensiver rangehen.

„Das wäre der nächste Punkt, über den ich mit Ihnen sprechen wollte, Mister Massey! Mir sind in der Vergangenheit nämlich diverse Dinge zu Ohren gekommen, auf dem Wege der Tagespresse hauptsächlich, daß verschiedene prominente Persönlichkeiten den Kreis Ihrer Schäfchen, wenn ich einmal so sagen darf, verlassen haben! Über Ihre Glaubensinhalte bin ich durch meine Mutter weitestgehend informiert (ich hatte das Faltblatt aus meinem Briefkasten tatsächlich mehrmals aufmerksam durchgesehen). Ihr Sektenführer, Gluco Meridewin Ossyri (ich geriet ins Schwitzen, brachte den beschissenen Namen aber reibungslos über die Lippen), vertritt die Ansicht, daß die Vorstellung der Unbefleckten Empfängnis unseres Heilands falsch sei, er sich vielmehr selbst gezeugt habe in Form eines Stieres, von dem er mental Besitz ergriff, um sich der

Jungfrau Maria zu nähern." Ich mußte an mich halten, um bei diesem hirnverbrannten Unsinn nicht laut loszulachen, was ich heute morgen bei der Lektüre des besagten Werbeblättchens nicht hatte verhindern können. „Er lebt als Einsiedler in einer Höhle am Fuße der südlichen Appalachen und mit seiner Botschaft strebt er ein neues Gesellschaftsideal an, nicht ganz unähnlich der Monarchie, in welchem wenige Auserwählte die große, all ihrer Besitztümer entledigte Masse lenken und leiten (*na, die Queen würde sich freuen*, dachte ich bei mir). Er befürwortet die Polygamie – auch wenn Sie das hier anders nennen –, will Reformen in der Kindererziehung herbeiführen und des weiteren das politische System Amerikas und anschließend der ganzen Welt verändern und komplett umkrempeln. All das weiß ich und toleriere ich insofern, als es meiner Mutter einen neuen Lebensinhalt zu geben verstand ... aber diese besagten Austritte, beziehungsweise Abkapselungsbemühungen prominenter und einflußreicher Personen ... ich frage mich, worin die begründet gewesen sein mögen?" *Gut, Nicholson, sehr gut!*

„Ich glaube, ich kann Ihnen nicht ganz folgen, Mister Culwer." Er wirkte ein wenig bestürzt, was ein gutes Zeichen dafür war, daß er meine Geschichte vorläufig gefressen zu haben schien.

„Auf welche Prominenzen spielen Sie da jetzt an?"

„Nun, ich las unter anderem davon, daß der – von mir übrigens sehr geschätzte und bewunderte – Zauberkünstler (ich wählte bewußt diese Bezeichnung, da dies zweifellos die Art war, wie ein 'Ungläubiger' diesen ganzen Hokus-Pokus auffassen würde) Ti-Samuel Christophe Bresbois nach längerer Tätigkeit im Dienste Ihres Glaubens, von der ich durch meine Mutter – Gott hab' sie selig! – einiges mitbekam, Ihre Gemeinschaft verlassen hat. Ein intelligenter, weltgewandter Mann wie er dürfte dafür tiefgreifende Gründe gehabt haben, überlegte ich mir; und genau dazu wollte ich gerne Ihre Meinung hören, bevor ich mich entschließen kann, Ihnen die Hinterlassenschaften meiner Mutter zu übereignen!" Ich hatte cool den

Übergang geschafft, fand ich, zu dem Thema, wegen dem ich gekommen war!

Unverständlicherweise schien Massey nun wieder zuversichtlicher. Er lehnte sich in seinem unerschwinglich aussehenden Drehsessel zurück und sagte: „Da müssen Sie einer Fehlmeldung aufgesessen sein, Mister Culwer! Mister Bresbois ist nach wie vor ein festes Glied in unserer Gemeinschaft. Ich gebe zu, es gab da gewisse Meinungsverschiedenheiten zwischen ihm und Mister Ossyri, aber Sie wissen ja, wie so etwas in der Presse aufgebauscht zu werden pflegt ..."

„Aber die Zeitungen ..."

„Ich kann Sie beruhigen. Mister Bresbois ist nach wie vor in unserer Mitte, und er vertritt stärker denn je die Inhalte unseres Glaubens!"

Ich entgegnete nichts.

„Ich sehe, Sie sind immer noch skeptisch, Mister Culwer. Aber wenn Sie Ihre Spendebereitschaft gänzlich davon abhängig machen wollen, ob der von Ihnen so hochgeschätzte Mister Bresbois noch zu uns gehört, möchte ich Ihnen gerne etwas zeigen." Er beugte sich vor. „Kommen Sie bitte mit!"

Er erhob sich mit einer fließenden Bewegung aus seinem hochedlen Arschparkplatz und führte mich durch verschiedene Gänge, Aufzüge und gewundene Treppenfluchten in die auffallend modern ausgebauten Kellergeschosse des Gebäudes. Wir traten durch eine stählerne Tür (die Massey mit einem kreditkartenähnlichen Gegenstand entriegelte) und gelangten so in einen kleinen Raum, in dessen linke Wand etwa in Hüfthöhe ein Fenster von einem Meter Höhe eingelassen war, das über die gesamte Breite des Zimmers verlief. Als ich Massey folgte und neben ihn trat, erschloß sich mir der Blick auf einen gut acht Meter unter uns gelegenen, sporthallengroßen Raum, in dem mindestens zwanzig junge Männer, die in hellbeigefarbene Tuniken gekleidet waren, auf dem kahlen Boden knieten und augenscheinlich ins Gebet versunken waren. Räucherstäbchenqualm (oder etwas anderes ...) hing träge in der Luft.

Vor ihnen, in der Richtung, die ihre Augen gewiesen hätten, hätten sie die Köpfe gehoben, saß im Schneidersitz, erhöht durch ein kleines hölzernes Podest, ein unglaublich alt aussehender Mann mit dunklem Teint und weißem Kinnbart. Er trug eine dunkelrote Robe, und kein einziges Haar zierte seinen runzligen Schädel. Ich mußte nicht lange überlegen, um in dieser Gestalt jenen haitianischen Priester wiederzuerkennen, den ich zum ersten Mal an jenem verfluchten Dienstagmorgen in Sterbinis Informationsmappe erblickt hatte. Und wenngleich das einzige Bild, das ich von ihm kannte, mindestens dreißig Jahre auf dem Buckel hatte, ich zahlreiche optische Details schwerwiegend verändert vorfand – wie zum Beispiel die mittlerweile enorme Faltigkeit seines Antlitzes –, bestand kein Zweifel, wen ich dort unten auf dem Parkett der Halle vor mir hatte ... es war der von mir (beziehungsweise Antonio Sterbini) so verzweifelt gesuchte Ti-Samuel Christophe Bresbois!

„Nun, Mister Culwer?“ wollte das Arschloch wissen.

„Ich ...“

Bresbois saß bewegungslos auf seinem Sockel, hatte die Arme nach altem Brauch verschränkt und in den Ärmeln seiner Robe verstaut, und schien mit gesenktem Kopf die vor ihm knieende Gemeinschaft zu beaufsichtigen.

Massey neben mir drückte plötzlich einen Knopf in der Leiste der unter dem Glas angebrachten Bedienungselemente, und auf einmal durchflutete leise, orientalisch anmutende Meditationsmusik den kleinen Raum, in dem wir uns befanden. Ich wandte den Kopf und entdeckte winzige Lautsprecher in den Ecken; offensichtlich konnten wir nun hören, was sich in dem Zimmer unter uns abspielte. Dann zog der stellvertretende Sektenführer ein kleines Schwanenhalsmikrophon aus der Leiste, drückte einen anderen Knopf und sprach hinein. Seine Stimme dröhnte sowohl durch die Scheibe zu uns herein, als auch durch die Lautsprecher hinter uns, was einen interessanten Stereo-Effekt bewirkte, der mich spontan an die Stimme der besessenen Linda Blair in ‘Der Exorzist’ erinnerte.

„Es tut mir außerordentlich leid, Sie stören zu müssen, Mister Bresbois. Hier spricht Arthur Massey, und ich habe jemanden bei mir, der sich davon überzeugen möchte, daß Sie nach wie vor Mitglied unserer Organisation sind. Ich weiß, daß es während des Luriòph-Rituals weder den auszubildenden Novizen, noch deren Lehrer gestattet ist, ein einziges Wort zu sprechen, aber wären Sie wohl so freundlich, Ihrer ungebrochenen Zugehörigkeit zu unser aller Meister Gluco Meridewin Ossyri mit einem einfachen Kopfnicken Ausdruck zu verleihen, Mister Bresbois? Ich denke, damit wäre der Sache bereits Genüge getan." Er ließ das Mikro zurückschnalzen.

Jetzt wurde es interessant! Bresbois hob langsam den Kopf und starrte mit einem Mal direkt zu uns in die Kammer hinein! Ich hielt das zwar für eher unwahrscheinlich, da die dunkle Tönung des Glases darauf hindeutete, daß es von außen – wie zu solchen Beobachtungszwecken nicht unüblich – verspiegelt war, dennoch hatte ich den unangenehmen Eindruck, daß die müden, hellblauen Augen des Alten ohne Umschweife meinen Blick fixierten und gefangennahmen. Auch während er langsam den Kopf senkte und wieder hob, um seine Zustimmung zu signalisieren, blieben seine wäßrigen Augen durch die Scheibe hinweg auf mich gerichtet. Alles geschah unendlich langsam und behäbig. *Er steht unter Drogen*, dachte ich impulsiv, und das mochte der Wahrheit tatsächlich recht nahe kommen. Schon wollte ich mich zu Massey abwenden und mit irgendeiner belanglosen Floskel meinen Besuch für heute beenden, da explodierte mit einem Mal ein bohrender Schmerz zwischen meinen Schläfen! *Der Hurensohn hat mich von hinten niedergeschlagen!* kam es mir, während ich mich krampfhaft an der Bedienleiste vor mir abstützen mußte, um nicht umzukippen. Doch da wurde mir bewußt, daß Massey sich überhaupt nicht bewegt hatte! Er stand nach wie vor, offenbar sehr zufrieden über den Anblick im Raum vor uns und die Reaktion von Bresbois, neben mir und blickte durch die Scheibe. Ich versuchte, mich zu sammeln und konzentrierte mich wieder auf den Haitianer. Dieser hatte seine Augen weiter als zuvor geöffnet, schien mich geradezu beschwörend anzustarren, und seine Stirn zuckte vor Konzentration. Wieder fuhr mir ein unbeschreiblicher Schmerz durch den Schädel, und nur mühsam unterdrückte ich ein Aufstöhnen, ganz von der Bemühung in Anspruch genommen, nicht zu stürzen. Da geschah das Unfaßbare: Halbverborgen hinter Wirbeln des Schmerzes bildete sich ein WORT in meinem Kopf, ein Wort, das seinen Ursprung just hinter meiner Stirn zu haben schien, das klang, als käme es aus meinem eigenen Hirn! Und im gleichen Augenblick, in dem ich es wahrnahm, war ich mir völlig sicher, daß Massey, der während des nur Sekunden andauernden Vorganges ungerührt neben mir aufragte, dieses Wort *nicht* hören oder irgendwie anders wahrnehmen konnte! Denn hätte er mitbekommen, was Bresbois mir da, auf scheinbar telepathischem Wege, versuchte mitzuteilen, wäre es mit seiner guten Laune vorläufig vorbei gewesen. Das Wort, das sich auf so überaus schmerzhafte Weise in meinem Kopf manifestierte, war ... HILFE.

„Und du glaubst tatsächlich, daß das so eine Art von *Telepathie* war, Nick?"

„Genau das ist es, was ich glaube, Harry! Und willst du wissen, was ich noch glaube?"

„Ich brenne darauf, es zu erfahren!" gab Brimner zu und schenkte sich Kaffee nach. Es war kurz vor sechs. Wir saßen in meinem Büro und tranken ihn schwarz.

„Er wird unter Drogen gehalten, die ihm den Willen – und vielleicht auch die Fähigkeiten – zur Flucht nehmen sollen."

„Klingt logisch. Erinnerst du dich an diese seltsamen Berichte über sein erstes Entkommen? Damals hat es Tote gegeben, und das nicht zu knapp, hab' ich dir ja erzählt; von Telekinese war da einmal die Rede und von anderen merkwürdigen Sachen. Alles Mutmaßungen, sicher, aber ..." Er setzte die Tasse ab. „Äh, ... *Telekinese* ist doch ..."

„Die Fähigkeit, Kraft deines Geistes Gegenstände zu bewegen, Dinge in Brand zu stecken und anderen Leuten bestialischen Achselschweiß anzuheften. Genau.“

„Achselschweiß? Bist du sicher?“

„Mein Gott, das sollte ein Scherz sein! Auf alle Fälle wird er gedopt bis zum Anschlag und weiß wahrscheinlich nur mit Mühe, wo er gerade ist und was um ihn herum vor sich geht.“

„Und du denkst, diese Spezialbehandlung war der Grund dafür, daß das mit der gedanklichen Übertragung seiner Message nicht so hundertprozentig funktioniert hat, stimmt's?“

„*Nicht so hundertprozentig funktioniert*?!? Ich wäre fast draufgegangen, als der alte Sadist versucht hat, sich in meinen Verstand einzuklinken! Aber ... vermutlich hat er das im Drogenrausch gar nicht mitbekommen, du hast recht.“

„Wie bist du überhaupt wieder aus diesem 'The Truth'-Kasten rausgekommen?“ wollte Brimner als nächstes wissen, während er aufstand, um den Tank der Kaffeemaschine erneut mit Wasser zu füllen.

„Keine einfache Sache, das kannst du mir glauben!“ Ich versuchte vergeblich, mir eine Zigarre anzuzünden, über die Brimner vorhin beim Eingießen einen halben Liter Kaffee verteilt hatte, ließ es dann bleiben und angelte mir stattdessen eine von Harrys Camels aus seinem Jackett. Als er sich wieder setzte und sich ebenfalls eine anstecken wollte, stellte ich amüsiert fest, daß es die letzte gewesen war.

„Also, nachdem ich mich nach dieser mentalen Attacke wieder einigermaßen regeneriert hatte, schlurfte ich mit einem sehr zufriedenen Arthur Massey zurück in sein Büro, wo er sofort das Geschäftliche, sprich: den Überweisungskram abzuwickeln trachtete ...“

„... der alte Hai“, lachte Brimner dümmlich.

„Je nun,“ überging ich seine Unterbrechung ärgerlich, „ich konnte mich kurzgefaßt dergestalt rausreden, daß ich sagte, er könne den ganzen Papierkram getrost mir und seiner HÜBSCHEN Sekretärin überlassen, und müsse mir nicht noch mehr seiner kostbaren Zeit opfern. Er war zwar anfangs recht stutzig, daß ich ihn auf einmal nicht mehr um mich haben wollte, aber nachdem ich ihn noch einige Male gebeten hatte, mich den Bankkrempel doch bitte gefälligst mit seiner HÜBSCHEN, überaus GUT GEBAUTEN Sekretärin *alleine* erledigen zu lassen, glaubte er, mich durchschaut zu haben ...“

„... der Schlaue!“

„... und ließ mich im Vorzimmer allein mit seiner Sekretärin.“ Ich drückte die Camel aus. Brimner setzte sich gerade, um nicht ein Wort von dem, was jetzt kommen mochte, zu verpassen.

„Und? Weiter?“ insistierte er prompt, als ich mir einen Moment mit dem Fortfahren Zeit ließ.

„Wie? Nichts weiter natürlich! Ich sagte der in Wirklichkeit ziemlich unscheinbaren Person, ich hätte leider, leider meine Kontonummer vergessen und meine Brieftasche mit den Geschäftsunterlagen ebenso leider nicht einstecken, ich würde mich morgen wieder mit ihr in Verbindung setzen. Basta !“

„Wie ... *morgen* ...?“

„Natürlich melde ich mich in zehn Jahren nicht mehr bei ihr, du Idiot!“

„Ja, aber ... du hast sie nicht flachgelegt?“

Ich schlug mir mit der Hand vor den Kopf. „Ich hatte besseres zu tun, verdammt!“ schrie ich eine Spur zu laut.

„Mir saß die ganze Zeit über der Angstschweiß im Nacken – schließlich war ich eben nicht ‘Mister Culwer, der Automogul’, und die hätten das doch theoretisch jeden Moment herausfinden können!“

„Schon gut!“ Brimner hob beschwichtigend die Hände und ging nachsehen, was der Kaffee machte. „Hmmm ... diese Sekten sind und bleiben so nützlich wie ein Geschwür am Arsch, verdammt!“ murmelte er vor sich hin. „Und nun?“ fragte er über die Schulter.

„Gute Frage! *Sehr* gute Frage sogar, wenn man bedenkt, daß sie von jemandem wie dir kommt, Harry! Nun, um präzise zu sein: Ich weiß es nicht!“

„Na, aber! Du hast den Knilch doch ausfindig gemacht, was willst du denn noch? Ich schlage vor, du marschierst mit stolz geschwellter Brust zu dem Kontaktmann Sterbinis, wie hieß er doch rasch, Krampfmatz ...?“

„Kramartz. Egon Kramartz“, verbesserte ich.

„... sagst diesem Burschen, wo der Alte steckt, und – schwuppdiwupp – bist ein reicher Mann!“ Brimner sah mich an, grinsend vor Stolz über seinen tollen Vorschlag. Mir wurde übel.

„Ich würde eher sagen, wenn ich es so anpacke, wie du vorschlägst, bin ich – schwuppdiwupp – ein ziemlich toter Mann! Du darfst nicht vergessen, ich weiß, wozu Sterbini diesen Magier gesucht hat, wir haben seine Motivationen gegen seine ausdrückliche Anweisung hinterfragt ... wir sind dem Tod geweiht!“ Ich war ziemlich melodramatisch drauf, stellte ich fest, und Brimner blieb dies ebenfalls nicht verborgen.

„Du bist ziemlich melodramatisch drauf“, sagte er schlürfend und verleibte sich kochend heißen Kaffee ein. „Schlag' doch was Besseres vor, wenn du kannst.“

„Genau das! Was hältst du davon: Wir gehen zu 'The Truth', hauen Bresbois auf eigene Faust raus, um was er mich ja telepathisch gebeten hat, und sagen Sterbini, daß er ihn haben kann – unter dem Zugeständnis, daß er uns unsere Köpfe und Schwänze dranläßt sowie seinen Teil der finanziellen Abmachung einhält.“

„Und was verleitet dich zu der Annahme, daß Sterbini – angenommen, er geht auf diesen Handel überhaupt ein – anschließend auch zu seinem Wort steht und uns nicht eine Hafenrundfahrt mit Betonklötzen an den Füßen verpaßt?“ erkundigte sich Brimner.

„Du darfst eins niemals vergessen, Harry: Antonio Sterbini ist Italiener, und Italiener haben so etwas wie Ehrgefühl im Leib; das ist es zumindest, was sie ständig hochhalten, woran sie sich aufgeilen, sozusagen. Wahrscheinlich wäre diese Welt eine ehrlichere Welt, wenn sie ausschließlich von Italienern bevölkert wäre. Zwar nicht unbedingt eine *bessere* Welt – erinnere dich, daß niemand grantiger und lebensgefährlicher wird als ein Italiener, an dessen Vereinbarungen du dich nicht hältst – aber eine ehrlichere Welt ..."

„Mal langsam," sprach Brimner, dessen Lippen und Zunge vom Genuß des kochenden Getränkes farblich dem Erscheinungsbild eines Krebses allmählich recht nahe kamen, „du willst also, daß Sterbini dir Immunität zusichert, bevor du ihm Bresbois persönlich aushändigst. Und dann, denkst du, kannst du weiterleben wie vorher?" Er schien nicht sonderlich überzeugt.

„Falsch!" entgegnete ich ernst. „Nicht genauso, sondern um viele tausend Dollar *reicher* als vorher, Harry, diesen Punkt solltest du keinesfalls außer acht lassen. Aber du sagst es: Wenn wir Sterbini soweit haben, daß er verspricht, uns unsere Ruhe zu lassen, wenn wir ihm dafür den Haitianer geben, dann ist die Sache gelaufen. Nur ... dazu müssen wir Bresbois erst mal haben!"

## 6
## *Dummheit schützt vor Torheit nicht*

Die Nachricht vom Tod Marco Rigonis traf mich gänzlich unvorbereitet. Und die Tatsache, daß sie uns, das heißt Brimner und mir, durch meinen alten 'Spezialfreund' Zachary Scroat vom Morddezernat Brooklyn-Ost überbracht wurde, machte die ganze Sache nicht eben amüsanter. Es war der Nachmittag des nächsten Tages. Harry und ich saßen bereits seit Stunden mehr oder weniger erfolglos zusammen in dem verzweifelten Versuch, uns über die geeignete Taktik einig zu werden, Ti-Samuel Christophe Bresbois aus den Händen der Sektenfanatiker zu entreißen, als auf einmal Zak Scroat, genannt 'Scroaty', ohne anzuklopfen durch die unverschlossene Tür in mein Büro gefegt kam und uns mit der unvermuteten Tatsache konfrontierte.

„Dieser Rigoni ist vor ein paar Tagen in auffälliger Nähe Ihrer Privatwohnung gesehen worden, Nicholson!" Er deutete auf mich.

Mich überkam der spontane Impuls, ihn anzuschreien, wo er und seine verdammten Bullen denn gesteckt hatten, als besagter Rigoni mit seinem Handlanger meinen treuen Hund in ebendieser meiner Privatwohnung zu Brei verarbeitet hatte, ich beherrschte mich jedoch und hörte weiter zu. Scroaty wandte sich nun an Brimner, der sich von der Nachricht, daß Rigoni auf ziemlich spektakuläre Art und Weise zu Tode gekommen zu sein schien, nicht im mindesten so überrascht zeigte wie ich.

„Tja ... und weiter?" Harry begutachtete mit auffälligem Interesse die Fingernägel seiner rechten Hand.

„Weiterhin wurden *Sie*" – Scroatys umherzischender Finger wies auf Brimner – „unmittelbar am Ort des Verbrechens gesehen, nämlich zusammen mit jemandem, den wir mittlerweile als unseren alten Bekannten John Torsi identifiziert haben. Sie wurden gemeinsam gesehen in exakt jenem billigen Puff in Manhattan, in dem wir Rigoni gestern morgen mit zerschossenem Schädel aufgefunden haben! Interessant, findet Ihr nicht auch?" Er schlug einen kleinen Notizblock auf.

„Dann fangt mal an, Leute; an was für einer Sache seid Ihr hier seit ein paar Tagen dran, he? Ebenfalls sehr interessant wäre für mich zu erfahren, wo Euer neuer Freund Torsi – Ihr wurdet in den letzten Tagen wirklich auffällig oft zusammen gesehen, wußtet Ihr das? – sich seitdem hinverkrümelt hat? Er ist nämlich nirgendwo aufzufinden, was ich, persönlich gesagt, für *höchst verdächtig* halte!"

Ich war sprachlos. Zuerst die völlig überraschende Nachricht (überraschend für *mich* zumindest!), Marco Rigoni – dessen Namen ich erst am vorigen Abend von Brimner als den desjenigen Mannes genannt bekommen hatte, der für das Ableben Dodos verantwortlich war –, sei in die ewigen Jagdgründe eingegangen, und dann noch die Kenntnis um das spurlose Verschwinden von Bizeps – das ging Schlag auf Schlag! Aber noch bevor ich mich gefangen hatte und irgendwie hätte reagieren können, setzte sich Brimner, den diese Flut von unangenehmen Neuigkeiten nicht halb so zu verdutzen schien wie mich, in seinem Stuhl auf, stellte den Bourbon, an dem er bis zu Scroats Eintreffen gedankenverloren genippt hatte, beiseite und begann zu reden.

„Ganz langsam, Scroaty, schön der Reihe nach! Und eins nach dem anderen. Wie und wann ist dieser ... Rigoni gestorben?"

„Vorgestern abend, wenn man Merticz Glauben schenken darf." Merticz war der Gerichtsmediziner des Distrikts.

„Erschossen, aus kürzester Entfernung. Wir haben 23 Projektileinschläge gezählt ... soweit es noch was gab, woran wir die Löcher zählen konnten. Schrotladung aus nächster Nähe – er war über das halbe Zimmer verteilt. Unschöne Sache, das. Merticz hat spontan gekotzt, was er sonst selten macht. Jungs, ich kann euch sagen ... nun, er hatte Pilzpastete gegessen, wenn euch das einen Hinweis darauf gibt, wie der Teppich hinterher aussah. Mein Gott!" Er griff zu Brimners Bourbon und leerte ihn. Langsam schien er sein Ich-bin-der-harte-Cop-und-will-euch-ans-Leder-Gehabe ein wenig abzulegen. Nun gut. Vielleicht konnten wir noch etwas Interessantes von ihm erfahren ...

Um es kurz zu machen, wir erfuhren nichts Interessantes mehr von Zak Scroat. Im Gegenteil, er wurde unangenehm genau und penibel, als es darum ging, ihm zu erklären, daß wir John Torsi noch nie im Leben gesehen hatten, uns der Name Rigoni ebenso VÖLLIG fremd war und wir uns schlußendlich auch nicht im Geringsten vorstellen konnten, ob und was das Ganze mit der italienischen Unterwelt oder gar vielleicht mit Antonio Sterbini zu tun haben könnte ... oder am Ende noch mit *uns*! Merkwürdigerweise tat sich gerade Brimner hierbei besonders hervor und legte alles daran, jeden Verdacht Scroatys aufs Gründlichste zu zerstreuen. Als dieser schließlich ankündigte zu gehen, schien Harry rechtschaffen erleichtert.

„Aber glaubt ja nicht, daß ihr damit aus allem raus seid, Freunde“, grinste Zak zum Abschied schief.

„Warum sollten wir das nicht, wo wir doch augenscheinlich gar nichts mit diesen Vorfällen zu tun haben, *Freund*?“

„Nun ... weil, ehh ...“ Er zögerte kurz. „Nun, denkt auf jeden Fall bloß nicht, daß ihr jetzt aus ... eh ... allem raus seid,“ sagte er lahm, „ich ... wir behalten euch im Auge, bedenkt das immer. Äh ... ciao dann, *hasta luego* und so ...“ Er ging.

„Arschkröte!“ sagte ich zu der hinter ihm zufallenden Tür. Dann war es ruhig.

„Scheiße!“ Nach fünf Minuten der Stille erwachte Brimner wieder zum Leben.

„Hmm-hmm“, meinte ich lauernd und holte neuen Bourbon.

„Und die Cops wissen, daß ich irgendwie drinstecke.“

„Mach dich nicht lächerlich, Harry! Die Tatsache, daß Old Zak irgendwelche Vermutungen in dieser Richtung hegt, besagt noch längst nicht, daß ‘die Cops’ uns auch nur in geringster Weise im Auge haben, das weißt du so gut wie ich. Der hat wahrscheinlich nur wieder mal keine Lust gehabt, in seinem dreckigen kleinen Büro rumzusitzen und sich den Wanst mit Donuts vollzustopfen, und da hat er sich gedacht *Laß' uns doch mal zu Nicholson fahren und eine kleine Show abziehen!* Was denn sonst? So ein Unsinn, ich oder du seien da und dort mit diesem und jenem zusammen *gesehen* worden ... so viele Männer und Helfershelfer hat der alte Scroat doch in ganz New York nicht, daß er uns nachweisen könnte, was wir in den letzten Tage alles getrieben haben. Aber interessant war das ja irgendwie doch – du bist mir da nämlich wohl noch eine kleine Erklärung schuldig, denke ich!"

„Hä?"

„Ich sage nur: Rigoni."

„Hey, Nick. Cool bleiben! Eh ... das, na also ... wie soll ich sagen? Das waren wir dir doch irgendwie schuldig, findest du nicht? Denk doch nur, was sie mit Dodo ... außerdem war das erstens Bizeps' Vorschlag, und ... und zweitens kannst du mir nicht erzählen, daß dir unser Vorgehen in irgendeiner Weise zuwider wäre. Dafür kenne ich dich viel zu gut."

Ich dachte kurz nach. Rief mir das Bild des schmierigen, pomadierten Pistolenträgers in der Tiefgarage meines Wohnblocks in Erinnerung. Die Sauerei, die die beiden Schweine von Dodo übriggelassen hatten. Meine Kotze, die in der weißen Emailleklosch üssel strudelgleich davonwirbelte ...

„Noch Kaffee?" fragte ich schließlich, als mir klar geworden war, daß ich Brimner und Bizeps im nachhinein tatsächlich tief im Inneren dankbar war für das, was sie getan hatten. Brimner setzte ein tierhaftes Grinsen auf.

„Wußt' ich's doch, Alter!" Er hob seine Tasse und ließ nacheinander acht Stücke Zucker in seinen Kaffee plumpsen. Ich hob die Brauen.

„Und jetzt?" wollte er wissen, nachdem er die Tasse wieder abgesetzt hatte.

„Ich schlage getrenntes Vorgehen vor", versetzte ich. „Du zeigst dich morgen früh im Polizeipräsidium, gibst meinetwegen vor, Merticz wegen irgendsoeiner Bagatelle sprechen zu müssen, und horchst währenddessen mal ganz aufmerksam, ob und wieviel von dieser ganzen Geschichte nun tatsächlich schon ans Licht der Öffentlichkeit gedrungen ist – soll heißen: was die Bullen nun wirklich alles wissen und was lediglich der lebhaften Imaginationsgabe von Zak Scroat entsprungen ist. Ich hingegen ...“ – ich machte eine bedeutungsschwangere Pause – „ich werde mich, völlig auf mich allein gestellt, noch einmal zu ‘The Truth’ begeben, und – ich betone: völlig alleine! – Bresbois aus dem Gebäude entführen. Dies mittels des genialen Planes, den mein brillantes Hirn während Scroatys Besuch vorhin ersonnen hat. Na, wie klingt das?“ Brimner saß mit offenem Mund vor mir. Um den Effekt noch zu maximieren, gelang es mir just in diesem Moment, die kaffeegenäßte Havanna vom Vortag doch noch einmal zu entzünden, und ich stieß einige höchst eindrucksvolle Rauchschwaden aus.

„Ich bin baff!“ gab er schließlich zu. „Muß zugeben, daß ich dich zuweilen richtig ein bißchen bewundere, alter Freund. Wo du nur immer diese genialen Pläne genau im richtigen Zeitpunkt herzauberst ... Wahnsinn! Aber ich bin mit allem einverstanden. Ich mache mich dann jetzt augenblicklich auf den Nachhauseweg, will ja morgen frisch und ausgeschlafen bei unseren Freunden und Helfern auf der Matte stehen, was, he, he?! Wir sehen uns morgen. Ciao!“

Brimner rauschte zur Tür hinaus und warf sie hinter sich ins Schloß.

Einen Augenblick lang saß ich völlig in mich versunken, still und stumm in meinem Sessel und tat es ihm gleich, bewunderte mich selbst. Ich konnte wirklich wunderbar anderen Leuten Vertrauen in vertrackten Situationen einflößen! Dann begann ich langsam, mich abgründig brodelnd zu hassen, denn – wie hätte es anders sein können – ich hatte selbstverständlich *keinen* genialen Plan ersonnen, nach welchem ich vorgehen und mit dessen Hilfe ich Ti-Samuel Christophe

Bresbois *alleine* aus der Hand dieser übergeschnappten Sekte befreien konnte!

Die graue Morgendämmerung öffnete ihre feucht-klammen Schenkel und nahm Brimner in sich auf mit der ganzen Inbrunst einer tuberkulös-verlebten Straßenhure. Er fror. Vielleicht hätte er doch nicht ganz so früh aufbrechen sollen ... aber wenn Nick es tatsächlich auf sich nehmen wollte, diesen Haitianer alleine aus seiner Gefangenschaft zu retten, konnte er ja wohl das Opfer bringen, einmal in seinem Leben vor dem Mittagessen aufzustehen und zur Polizei zu fahren – deren wahrer Erkenntnisstand ja auch ihn nicht wenig interessierte. Außerdem ließ der rosige Schimmer am Horizont erahnen, daß sich dieser Tag in spätestens einer Stunde wettermäßig so weit zum Positiven hin entwickelt haben dürfte, daß er eventuell noch für etwas Sinnvolles zu nutzen sein würde ... für Sex im Freien zum Beispiel.

Brimner schaltete in den vierten zurück, zog rechts raus und brachte den qualmenden Golf auf dem für Polizeifahrzeuge vorgesehenen Haltestreifen längs der neunundvierzigsten Straße, direkt vor dem Präsidium, zum Stehen. Dann stieg er aus.

Drinnen erwartete ihn trotz der frühen Stunde das übliche Chaos: Junge, übermotivierte Bullen, die kriminelle Teenager und Nutten ohne Lizenz in Handschellen gewandet durch die Gegend führten und sich wunderten, daß keiner ihrer Vorgesetzten sich dieser überaus wichtigen und für die Entkriminalisierung der Bevölkerung unbedingt zu ahndenden Fälle annehmen wollte; ältere Bullen an lächerlich kleinen, billigen Schreibtischen, die mit nacktschneckenartiger Trägheit irgendwelchen Papierkram erledigten; Telefone, die vergeblich im Hintergrund klingelten; autoritär-aggressive Stimmen, die unverständliches Zeug durch die Gegend brüllten, von dem sich niemand angesprochen fühlte; gähnende Beamte, wohin man blickte; rote, blinkende Lämpchen an Wänden, die ebenfalls niemand mehr wahrnahm, und über all dem: der durchdringende, vertraute Geruch nach Männerschweiß, Straßenschmutz, Tipp-Ex und Kaffee. Brimner schmunzelte – er fühlte sich immer wohl, wenn er dieses Gebäude betrat; 1es bestätigte ihm jedesmal von neuem, daß es richtig gewesen war, seine Polizistenausbildung damals nach zwei Wochen spontan wieder abzubrechen.

Er drückte sich durch unzählige Schreibtischreihen, an Tresen und gläsernen Büroabtrennungen vorbei, grüßte hier und da einen Beamten, den er von früher oder aus der Kneipe kannte, und kam kurze Zeit später am entgegengesetzten Ende der gewaltigen Räumlichkeit an. Hier befand sich das Treppenhaus, von dem aus man in andere interessante Bereiche des Hauses gelangen konnte. In den oberen Stockwerken residierten die ranghöheren Bullen in proportional wesentlich größeren Büros, darüber wieder die nächtsthöherstehenden und so weiter. Brimner schlug zielstrebig den Weg nach unten ein, denn hier ging es zur Gerichtsmedizin.

Er konnte Andreju Merticz, der ein durch und durch arrogantes, geschwätziges Dreckschwein war, zwar absolut nicht ausstehen, aber es war zum einen eine klasse Ausrede, falls ihn jemand anhielt und wissen wollte, was er hier trieb, und zum anderen war der weißhaarige Pole mit dem zerfurchten Gesicht und dem durchdringenden Geruch nach Desinfektionsmitteln und verdorbener Nahrung einfach der größte Umschlagplatz für Klatsch und Gerüchte in diesem Laden, weswegen Brimner den Vorschlag Nicks, den Mann aufzusuchen, jetzt tatsächlich in die Tat umsetzen wollte.

Im Keller angelangt, fand Brimner rasch heraus, daß Merticz sich – gottseidank – momentan nicht in der Leichenhalle, beziehungsweise den Obduktionsräumlichkeiten aufhielt, sondern in seinem Büro seiner Eigenschaft als Polizeipsychologe (*merkwürdige Kombination*, dachte Brimner) nachging. So marschierte er ein kurzes Stück durch die krankenhausgleichen, sauber gekachelten Korridore, fand die Tür, die ein Schild in Kopfhöhe als die Residenz von 'Dr. Andreju R.

Merticz' auswies, und betrat ohne anzuklopfen den dahinterliegenden Raum.

Brimner war bereits früher einmal hier gewesen und erinnerte sich dunkel an einen unordentlichen Saustall aus herumliegenden Essensresten, geleerten Bierflaschen und zerlesenen Pornoheften, doch seit damals schien der Doktor gehörig geräumt zu haben; alles im Zimmer war dem Bild eines ordentlichen Sprechzimmers angeglichen worden, mit einem richtigen großen Schreibtisch, gläsernen Vitrinen voller Bücher und Medikamente, einem menschlichen Skelett, das in einer Ecke hing, und sogar einer Behandlungscouch, neben welcher Merticz in seiner kleidsamen, leicht beschmutzten weißen Robe saß und sich die Leidensgeschichte eines rosig-jungen Polizisten anhörte, den er neben sich aufgebahrt hatte. Brimner überschlug in Gedanken, wieviel diese geschmackvolle Einrichtung den Steuerzahler wohl insgesamt gekostet haben mochte, und mußte darüber ganz erheblich grinsen. Er zahlte seine Steuern nie.

„Tach!“ sagte Brimner zur Begrüßung und setzte sich hinter den riesigen, eichenen Schreibtisch. „Wie läuft's, Doc?“

Merticz wandte den Kopf. „Oh ... guten Tag, Mister Brimner. Es ist eine Ewigkeit her, daß wir uns das letzte Mal gesehen haben, nicht wahr?“

„Kommt hin“, meinte Brimner schlicht und goß sich einen Whiskey aus der winzigen Bar ein, die er hinter einer der abschließbaren Türen des Schreibtischs entdeckt hatte. „Lust auf ein Schwätzchen, Doc?“ wollte er wissen, nicht ohne sich seiner provokanten Coolness wohl bewußt zu sein. Aber er wußte, daß der Arzt – um diese eigentlich leicht unpassende Bezeichnung zu verwenden (schließlich „behandelte“ Merticz ausschließlich Tote und Übergeschnappte) – immer interessiert war an aktuellen Gerüchten jeglicher Art, und erst recht an Vorgängen, die sich außerhalb der polizeilichen Mauern unter dem Mantel der Illegalität oder der Verschwiegenheit zutrugen. Und da Brimners Person bekanntermaßen ein Garant für jede Menge (hauptsächlich schmutziger) Neuigkeiten darstellte, bekamen Merticzs Augen sogleich einen merkwürdigen Glanz, und ehe Brimner es sich versah, hatte er seinen Patienten auf einen anderen Termin vertröstet und hinauskomplimentiert. Er ließ sich vor Brimner, der nach wie vor auf des Arztes Ledersessel thronte, nieder.

„Sehr interessante Person, dieser Bursche", ließ er mit einem Kopfnicken in Richtung der Tür vernehmen, durch die der junge Cop soeben verschwunden war. „Mußte kürzlich in Ausübung seiner Pflicht drei Straßenkinder mit Stiefelkampfmessern erschießen, der Arme, und hat seitdem einen massiven Knacks in seiner Sexualität."

Merticz, dessen zweitliebster Zeitvertreib nach dem Konsumieren von Gerüchten darin bestand, Arztgeheimnisse auszuplaudern, schenkte sich ebenfalls ein Glas ein.

„Jetzt onaniert er über zwanzig mal am Tag; wogegen an sich wenig zu sagen wäre ... wären da nicht seine mittlerweile chronischen Hodenschmerzen ... in Verbindung mit einer entzündlichen Vorhautverengung, hä, hä, hä." Er nahm einen Schluck. „Und jetzt will er, daß ich seinen Verstand repariere; gut, was?" Brimner grinste. Vielleicht würde der Vormittag doch nicht so unangenehm werden, wie er anfangs gedacht hatte.

Ich verließ Gregorys Waffenladen und sinnierte beim Einsteigen in mein Auto, ob ich tatsächlich das Richtige tat; okay, eine schwarz importierte fabrikneue Uzi mit sechshundert Schuß Munition für 250 Dollar war eigentlich verflucht günstig – und gewünscht hatte ich mir so ein Ding auch schon immer. Dennoch war ich mir nicht sicher, ob dies der korrekte Weg war ...

*Ach, scheiß drauf!* Probieren ging schließlich über studieren oder so ähnlich, und ich startete unbeirrt in Richtung Manhattan.

Als ich den Wagen auf dem Angestelltenparkplatz (oder wie man das sonst bei einer Sekte nannte) parkte und ausstieg, fiel mir auf, daß man mir spätestens bei meinem heutigen Besuch den wohlhabenden Autohersteller definitiv nicht mehr abnehmen würde: Ich trug mein abgewetztes, graues Lieblingsjackett, das meine Ex-Frau schon vor drei Jahren in die Altkleidersammlung hatte geben wollen (einer der dreizehn Gründe für unsere Scheidung – die anderen zwölf waren *noch* schwerwiegender gewesen!), darunter ausgebleichte Jeans und die alten, halbhohen Nikes. Nun ... die 'Ich-bin-reich-und-will-was-spenden'-Masche gedachte ich ohnehin heute nicht weiter zu strapazieren, wenngleich mir das Schema meines genauen Vorgehens nach wie vor nicht so ganz klar war. Was ich mir gestern abend im Bett zusammenphantasiert hatte, wies starke Ähnlichkeit mit alten James-Bond-Filmen (natürlich nur mit Sean Connery!) auf, und ein wenig von Schwarzeneggers *Terminator* spielte wohl auch mit: Ich hoffte, nachdem ich die Eingangshalle irgendwie unbemerkt durchquert hatte, einen Putzraum ausfindig zu machen, in dem ich diskret meine Charles-Nicholson-Privatdetektiv-Garderobe gegen einen hübschen Raumpfleger-Anzug austauschen konnte; daß solche Reinemacher ständig überall in dem riesigen Gebäude zugange waren, hatte ich bereits bei meinem ersten Besuch feststellen können. Anschließend wollte ich eine Sekretärin oder einen ähnlichen Bürohengst belauschen und seinem Telefongespräch oder was auch immer entnehmen, wo im Hause sich Ti-Samuel augenblicklich aufhielt. Dort wollte ich mich dann (natürlich nach wie vor unbemerkt) hinschleichen, ihn – notfalls unter Einsatz meiner neuen Waffe – rausboxen und anschließend mit ihm irgendwie das Haus wieder verlassen ... am besten, bevor der Werkschutz (oder wie das hier hieß) mich in einen anderen Aggregatzustand beförderte. Spätestens ab dem Punkt, wo ich den Alten befreit haben würde, war ich mir nicht mehr ganz sicher, was weiter zu geschehen hatte, denn dies war just die Stelle gewesen, an der ich eingeschlafen war. Doch um genau zu sein, wollte ich an die Problematik, einen vollständig narkotisierten, augenscheinlich mehr als Siebzigjährigen aus der Hauptgeschäftszentrale einer fanatischen Sekte herauszubekommen, lieber keine zeitraubenden Gedanken verschwenden ... um ehrlich zu sein, war ich ohnehin sehr skeptisch, ob es mir überhaupt gelingen würde, so weit zu kommen.

Mein schöner Ablaufplan erfuhr dann auch bereits in der Eingangshalle eine empfindliche Störung, als ich nämlich bereits beim Betreten des Gebäudes feststellen mußte, daß sich hier seit meinem letzten Besuch einiges verändert hatte; der gesamte weitläufige Raum war mit umherwuselnden Menschen erfüllt, die aufgeregt hin- und herliefen, allesamt durcheinanderkreischten und mich rücksichtslos durch die Gegend rempelten. Im Hintergrund vermeinte ich das Tönen einer entfernten Sirene wahrzunehmen, anscheinend aus einem anderen Geschoß des Gebäudes. Irgendetwas stimmte hier ganz und gar nicht!

Orientierungslos stand ich für einen Moment inmitten der panisch umherhastenden Menschenmenge herum, in der ich zuhauf blauuniformiertes Sicherheitspersonal erkannte, weiterhin zahllose aufgeschreckte Verwaltungsbeamte sowie Gruppen von robentragenden Novizenpriestern, die weiß der Himmel woher kommen mochten. In der allgemeinen Verwirrung fand natürlich niemand Zeit, mich nach dem Grund meines Hierseins zu befragen, und ich nahm mir die Zeit, meine stupsnasige Uzi gewissenhaft unter meinem Jackett zu verbergen, hatte ich doch das unbestimmte Gefühl, mich mit der arglosen Zurschaustellung meiner Neuerwerbung momentan in keine allzu gute Ausgangsposition für weitere Aktionen zu begeben.

In diesem Moment, ich hatte bereits die Hand ausgestreckt, um einen der lächerlich kahlköpfigen Novizen anzuhalten und nach dem Ursprung dieses Aufruhrs zu befragen, erblickte ich inmitten des vorherrschenden Chaos Arthur Massey, der, umgeben von vier oder fünf hochgewachsenen, schlagstockbewehrten Uniformträgern, sich einen Weg von dem Aufzug, dem er soeben entstiegen war, zum vorderen Eingangstresen zu bahnen anschickte. Dort waren, wie mir ein rascher Rundblick zeigte, verschiedene Empfangsdamen und Telefonistinnen emsig dabei, mit nicht näher zu bestimmenden Gesprächspartnern (Der Polizei? Der Army??) zu kommunizieren. Immer mehr drängte sich mir der Eindruck auf, daß just vor meinem Eintreffen an dieser Örtlichkeit etwas wirklich Schwerwiegendes vorgefallen sein mußte, und wenige Augenblicke später fühlte ich mich diesbezüglich bestätigt, als mich der vorderste von Masseys Bodyguards, wohl um seinem Meister Raum zu schaffen, beiseite stieß, sein Vorgesetzter mich jedoch erblickte und in einer grotesken Geste zwischen ungläubigem Staunen und animalischer Wut die Augen aufriß.

„Sie! SIE!!!“ Seine aufgebrachte Stimme übertönte das akkustische Chaos problemlos, und bevor ich mich noch fragen konnte, was es war, das den Sektenführer derart aufgebracht auf meine Anwesenheit reagieren ließ, fand ich mich auch schon in einem beunruhigend professionell angebrachten, engsitzenden Halbnelson im Arm eines der Schutzmänner wieder.

„Was ... wieso ...?“ stieß ich hervor, hielt ich es doch für relativ unwahrscheinlich, daß der Geschniegelte hellseherisch vorhersagen konnte, mit welcher Absicht ich sein Haus dieses Mal betreten hatte. Noch mehr allerdings verwirrte mich die Tatsache, daß Massey mit dem Ergreifen meiner Person eine Intervention der New Yorker Cops (oder mit wem sonst an der Rezeption soeben aufgeregt telefoniert wurde) für überflüssig zu halten schien. Über die Köpfe seiner Untergebenen brüllte er etwas diesbezügliches zu den Telefontanten hinüber, die daraufhin ihre Telefongespräche allesamt abbrachen und verwirrt in die Runde stierten. Einen weiteren gebrüllten Befehl später ertönte sphärisch klingende, wallend-wabernde Synthesizermusik, die über zahlreiche Lautsprecher in die Halle projiziert wurde und offensichtlich dem Zweck diente, die aufgebrachten Schäfchen von Gluco Meridewin Ossyri (zugegeben, der Name prägte sich irgendwie ein ...) ein wenig zu beruhigen. Zusätzlich erhob sich alsbald eine warme männliche Baßbaritonstimme über das Gedudel, die klar und deutlich zu verstehen gab, daß *nichts*, aber auch *gar nichts* Anlaß zu eventueller Unruhe böte und sich bitte alle Glaubensbrüder und -schwestern augenblicklich wieder ihren üblichen Tätigkeiten zuzuwenden hätten. Ich vermeinte weiterhin auf einer dritten Tonspur, jedoch weit in den Hintergrund gemischt, leise das Muhen eines Ochsen, wahrscheinlich das des in der 'The Truth'-Offenbarung vorkommenden „göttlichen“ Rindviehs, heraushören zu können; sicher war ich mir jedoch nicht.

Außerdem hatte ich in dieser Sekunde besseres zu tun als irgendwelchen musikalischen Berieselungen zu lauschen! Die vier Schlägermaschinen schleppten mich brutal zu dem nach wie vor im Erdgeschoß wartenden Fahrstuhl, stießen mich hinein und rauschten mit mir diverse Stockwerke in die Höhe, wo sie mich umgehend in das mir bereits bekannte Büro Masseys beförderten. Ich wurde auf einen Stuhl gestoßen, den eines der Ungetüme in der Mitte des Raumes positioniert hatte, und sah mich augenblicklich mit den Läufen von vier gut geölten deutschen 0.8er Mannlicher-Pistolen konfrontiert, die es mir klüger erscheinen ließen, meine Uzi dort zu lassen, wo sie war: im Hosenbund unter meiner geschlossenen Jacke.

Arthur Massey betrat als letzter den Raum, knallte die Türe hinter sich zu und baute sich wutschnaubend vor mir auf.

„Also: Wo ist er?“ wollte er mit einem kaum gezügelten, haßtriefenden Unterton in der Stimme wissen. Ich verstand nur Bahnhof.

„Wie ... *er*?“

„*Sie Auswurf*!“ Er sprang vor und schlug mir mit der offenen Hand kräftig ins Gesicht. Es klatschte laut, ich zuckte schmerzerfüllt zusammen, und meine Hand machte eine instinktive, jedoch verräterische Bewegung in Richtung meiner Waffe. Sofort sprang einer der Riesen herbei, riß mein Jackett auf und schnappte sich die Maschinenpistole.

„Aaahhh!“ kreischte Massey. „Sogar die Tatwaffe haben

Sie noch bei sich, Sie Anfänger! Doch die wird Ihnen jetzt auch nichts mehr nützen! Sie sagen mir jetzt augenblicklich, wo Sie Ti-Samuel Christophe Bresbois hingeschafft haben, oder ich lasse Ihnen die Zehennägel einzeln rausreißen! Los!!!"

Langsam begann ich zu ahnen, was hier geschehen war! So unwahrscheinlich es anmuten mochte, irgendjemand schien mir zuvorgekommen zu sein und den Haitianer, mit welchen Mitteln auch immer, aus dem Sektenbunker entführt zu haben! Mir entging nicht eine gewisse Ironie der Situation, in der ich mich befand, saß ich doch jetzt quasi vor dem Richter für eine Tat, die ich noch gar nicht begangen hatte ...

„Grinsen Sie nicht so unverschämt!" fuhr Massey mich an und schlug mir erneut ins Gesicht. Diesmal schnellte ich vor, packte seine Hand und hielt sie fest. „Ich habe keine Ahnung, wovon Sie reden, haben Sie gehört?"

„Und der Weihnachtsmann fickt Frau Holle, wie?!" konterte Massey, seine Stellung als Oberhaupt einer religiösen Glaubensgemeinschaft scheinbar vergessend. „Jonessy?!"

Einer der Schlagstockbarbaren trat heran, griff sich meine Arme und drehte sie in einer ruckartigen, *außergewöhnlich* schmerzhaften Bewegung nach hinten. „Aghhhh ...!" sagte ich.

„Zum letzten Mal: Wo steckt Bresbois und wer sind Ihre Komplizen? Alleine haben Sie die vierzehn Wachmänner im Keller ja wohl kaum umgenietet, oder? Also heraus damit – wer hat Ihnen geholfen und wo steckt der Haitianer?!"

„Ich habe Ihnen schon einmal gesagt, daß ich keine ... AHHHRG!" Der Schmerz war überwältigend!

„Ich zähle bis drei," hub Massey an, „wenn Sie bis dahin nicht ..."

In diesem Moment ging die Tür zum Flur auf und ein Bursche mit grauem, schulterlangem Haar, blauem Zweireiher und bemitleidenswert pockennarbigem Gesicht kam ins Zimmer gehechelt.

„Was zum ...?" schnappte Massey.

„Entschuldigen Sie vielmals die Störung, Mister Massey," sabberte die Gesichtsruine, „aber Sie wollten umgehend informiert werden, sobald wir die genaue Vorgehensweise des Täters rekonstruiert haben. Nun, wir ..."

„Ich habe den beschissenen Täter direkt vor meiner gottverdammten Nase!" fuhr der Sektenführer auf, sich seiner zutiefst gottesfürchtigen Umgebung scheinbar abermals nicht mehr sonderlich bewußt.

„Aber ich dachte ..." wagte Grauhaar einzuwenden.

„Raus, du Idiot!" herrschte Massey seinen Untergebenen an, der sich beeilte, die dicke Edelholztür des Büros zwischen sich und seinen Chef zu bekommen. „So, wir wissen jetzt also auch, *wie* Sie es angestellt haben, Nicholson", fuhr er fort, wobei er sich wieder mir zuwandte. „Ach, Sie wundern sich, daß ich weiß, wer Sie sind? Für wie dumm halten sie uns, Sie armseliger Amateur? Natürlich ließ ich bereits in exakt jenem Moment, in dem Sie hier vor mir in diesem Büro saßen und Ihre lächerliche Spendenmasche abzogen, Erkundigungen bezüglich Ihrer Person einholen, und keine halbe Stunde nachdem Sie gegangen waren wußte ich *alles* über Sie, von den Leberflecken Ihrer Großmutter bis hin zu den Kosten der letzten Zahnprothese Ihrer Ex-Frau!" Soviel also zu dem in mir steckenden, wiederbelebten Collegeschauspieler ...

„Mir war alsbald klar," führte Massey weiter aus, während er ein kleines Fläschchen Mundspray aus seiner Jackentasche zog und sich drei Sprühstöße in den Rachen schoß, „daß Sie sich kaum ohne einen perfiden Hintergedanken bei mir eingeschlichen haben dürften ... aber daß Sie Bresbois gleich *entführen* würden, und dann noch auf diese unmenschlich gewalttätige Tour ..." Er schüttelte den braungebrannten Schädel. „Wissen Sie was? Ich bin jetzt direkt neugierig geworden, wie Sie es genau angestellt haben! Und da Sie momentan nicht halb so gesprächig zu sein scheinen wie bei Ihrem letzten Besuch, lassen Sie uns doch einfach mal den Keller in Augenschein nehmen ... Jonessy? Marcellus? Wärt ihr so freundlich?"

Zwei der Bodyguards rissen mich wieder von meinem Stuhl hoch, klemmten sich jeder einen meiner Arme unter ihre eigenen, baumstammdicken Auswüchse, und wieder ging es in Richtung Fahrstuhl. Wir nahmen denselben Weg ins Kellergeschoß, den ich bereits beim letzten Mal mit Massey zurückgelegt hatte, allerdings gingen wir dieses Mal, unten angelangt, an der magnetkartengesicherten Tür zum Beobachtungsraum vorüber, folgten einer Treppe einige Stufen abwärts und kamen wenig später an der offenstehenden Flügeltüre zu jener Gebetshalle vorbei, die man vom verspiegelten Fenster des darüberliegenden Zimmers einsehen konnte. Die Halle war momentan völlig leer, und auch an ihr gingen wir ohne Aufenthalt vorüber. Wir erreichten bald die Aufenthaltstrakte der Priester und höherstehenden Sektenmitglieder, und allmählich ließen sich Anzeichen dafür ausmachen, daß hier nicht alles so war, wie es eigentlich hätte sein sollen. Zunächst passierten wir zwei Fünfergruppen in zivil gekleideter, schwer bewaffneter Wachen, schritten durch eine total verbogene und rußgeschwärzte, scheinbar aufgesprengte Stahltür und bogen schließlich um eine Ecke, die den Blick freigab auf einen weitläufigen, hellerleuchteten Korridor, der übersät war mit den blutüberströmten, entsetzlich verstümmelten Leichen von mindestens einem Dutzend Wachleuten. Mir stockte der Atem.

Die Körper der Wachmänner lagen unmöglich verrenkt in nahezu den ganzen Gang überflutenden roten Lachen; sie bildeten eine weitläufige Traube vor einer eingetreten anmutenden, offenstehenden Türe auf der rechten Gangseite. Ihre Uniformen und das darunterliegende Fleisch waren aufgerissen wie durch die Einschläge einer unermeßlich großkalibrigen Waffe, und ein fast greifbar schwerer Geruch nach Exkrementen, Schießpulver und etwas ganz anderem, das ich spontan nicht einordnen konnte, lag in der Luft. Es war widerwärtig.

Am anderen Ende des Korridors, kurz vor dessen nächster Rechtsbiegung, entdeckte ich, ins Gespräch mit einigen weiteren Wachleuten und mehreren bahrentragenden, weißbekittelten Leuten vom Sanitätspersonal vertieft, den grauhaarigen Speichellecker Masseys, der von diesem augenblicklich herbeigebrüllt wurde. Er deutete beim Heranschwänzeln eine Verbeugung an und holte mit dem Arm weit aus.

„Es wird Sie sicher interessieren ..."

„Schnauze!" entgegnete Massey trocken und benutzte erneut sein Mundspray. „Ich will nur eines wissen: Wie ist er hereingekommen und wie hinaus? Wieso haben die Wachen versagt? Wie konnte das passieren?"

„Nun, also ... ich ... die Sache ist so, daß ...", hub Pockennarbe an, der, wie ich jetzt vermutete, der Leiter der 'The Truth'-Sicherheitsabteilung war – und den ich, falls ich mit meiner Vermutung richtig lag, in keinster Weise um seine Position beneidete!

„Er hat die Hintertür zum Vorratskomplex von außen mit einer Sprengladung geöffnet," schaltete sich ein uniformierter, brillentragender Mensch ein, den sein Identifikationsabzeichen als Wachmann Richard B. O'Neilly auszeichnete, „dann nahm er den Korridor zu den Privatunterkünften, überwältigte dort drei von unseren Männern, nahm die Abzweigung vorbei an der 'Halle der Inneren Gleichheit', sprengte die Stahltür zu diesem Korridor hier, die aus noch nicht geklärten Gründen zu diesem Zeitpunkt unbesetzt war, brach die Tür zu Mister Bresbois' Privatgemächern auf und erschoß die zwölf dauerhaft dort stationierten Wachen, denen in der Eile wohl keine Zeit mehr blieb, ihrerseits zum Angriff überzugehen; er muß dann mit Bresbois, der von Doktor Willard erst zehn Minuten zuvor sein stündliches Narkotikum erhalten hatte – also wohl noch imstande war zu laufen –, durch den hinteren Fahrstuhlschacht ins Erdgeschoß und von dort durch den Lieferanteneingang ins Freie geflohen sein."

Es herrschte einen Augenblick Stille. Wieder fand ich Zeit, das seltsame Geruchsgemisch im Raum, beziehungsweise jene merkwürdige, nicht genau zu definierende einzelne Komponente wahrzunehmen; aber immer noch kam ich beim besten

Willen nicht darauf, wonach es hier außer nach Blut und Scheiße sonst noch roch. Dann sagte Massey: „Fünfzehn Männer habe ich also durch Sie verloren, *Niggerson*!“ Er drehte sich zu mir um. „Fünfzehn Männer sowie einen nicht zu ersetzenden Priester haitianischer Rituale und magischer Praktiken! Einen äußerst *publikumswirksamen* Priester noch dazu!“ Er trat einen Schritt näher. „Ich habe zwar keinerlei Ahnung, wie Sie es schaffen konnten, mit Ihrer lächerlichen Blechmaschinenpistole derart lawinengleich die Mauern unserer Verteidigung zu durchbrechen, aber ich schwöre Ihnen: Entweder Sie sagen mir augenblicklich, wo Sie den Alten hinverfrachtet haben, oder ich werde Ihnen zeigen, was *Schmerzen* sind, darauf können Sie sich verlassen!“ Irgendetwas in seiner Stimme ließ das eben Gesagte alles andere als vielversprechend erscheinen!

„Entschuldigen Sie, Chef,“ meldete sich in diesem Moment Wachmann O'Neilly, der in den Armen des Halbaffen neben mir meine Uzi erspäht hatte, zu Wort, „aber ich halte es für eher unwahrscheinlich, daß solche Verletzungen wie die der toten Kollegen dort von solch einer eindeutig recht kleinkalibrigen Waffe verursacht worden sein sollen. Vielmehr würde ich auf ein älteres, weitaus größeres Modell, zum Beispiel ein schweres, tragbares Schnellfeuergewehr oder etwas ähnliches tippen ...“

Masseys Kopf wirbelte herum und sein Blick fixierte den des Postens.

„So ... würden Sie *tippen*, ja?!“ Seine Stimme troff vor Zorn.

Ich hätte nicht zu sagen gewußt, was im nächsten Moment passiert wäre, wenn sich die Ereignisse in den nun folgenden Sekunden nicht derart überschlagen hätten. Denn kaum hatte Massey Luft geholt, um seinem uneinsichtigen Gegenüber seinen Mundsprayatem ins Gesicht zu blasen, da gewahrte ich aus dem Augenwinkel eine überraschend geschwinde Bewegung; ich wandte den Kopf und erkannte eine Gruppe von vier Personen, die rennend um die gut dreißig Meter entfernte

Rechtskurve des Ganges bogen. Kaum daß sie die Ansammlung von Menschen in der vor ihnen liegenden Räumlichkeit erblickt hatten, eröffneten drei von ihnen augenblicklich das Feuer, indem sie große, schwarzglänzende Pistolen aus ihren Jacketts zogen und systematisch begannen, die im Korridor anwesenden Wachleute niederzuschießen! Diesen blieb kaum Zeit, irgendwie zu reagieren, wurden sie durch diese neue Wendung der Ereignisse doch ebenso überrumpelt wie ich – wer sollte schon in einem derart abgesicherten und zudem momentan im Alarmzustand befindlichen Etablissement mit einem Angriff rechnen?

Aber wahrscheinlich waren genau dies auch die letzten Gedanken der nun vor mir auf dem Boden zuckenden Wachmänner. Innerhalb von Sekundenbruchteilen lagen die wenigen verbliebenen Bodyguards jedenfalls auch tödlich getroffen am Boden und leisteten ihren Kollegen im großen Schießstand des Himmels Gesellschaft; zu meiner Linken nahm ich wahr, wie Massey den pockennarbigen Sicherheitsofficer, den er instinktiv zum eigenen Schutz vor seinen Körper gerissen hatte und der einen frontalen Treffer in die Brust abbekommen hatte, von sich stieß und sich erstaunlich flink um die hinter ihm liegende Gangbiegung zurückzog, während die Leute vom Sanitätsdienst einfach nur stocksteif an die Wand gepreßt dastanden und gar nichts taten.

Mich traf wie durch Zufall nicht ein einziger Schuß!

Daß dies jedoch alles andere als Zufall war, erkannte ich spätestens, als der kleinste der vier Männer, derjenige, der als einziger nicht selbst geschossen hatte, zu mir herübergelaufen kam, mich am Arm griff und mir zuzischte: „Sie kommen jetzt besser mit, Mister Nicholson!“ Ich starrte einen Moment lang in die Augen dieses winzigen, mir gänzlich unbekannten Italieners – bösartige kleine Wieselaugen, dunkel und korrupt wie es nur die eines Italieners sein können –, dann gewann mein angeborener Selbsterhaltungstrieb die Oberhand und ich riß mich los. Ich wollte nur weg hier, raus aus allem, fort von diesen ganzen seltsamen Menschen, nur noch in voller körperlicher Unversehrtheit meine Wohnung erreichen und dann meine Ruhe haben! Für nichts anderes als diese eine Grundprämisse war schlagartig Raum in meinem Bewußtsein, und dementsprechend handelte ich auch! Doch ich hatte die Drehung in die entgegengesetzte Richtung noch nicht halb beendet, da fuhr ein hölzerner Schlagstock (einer von der Sorte mit Stahlkern im Inneren) aus dem Ärmel des – wie ich es mittlerweile bei den Männern Sterbinis schon gewohnt war – überaus stilvoll gekleideten Mannes, dann sah ich Sterne aufflackern und undurchdringliche Dunkelheit umfing mich.

SO amüsant ergab sich der Vormittag dann schlußendlich doch nicht, mußte Brimner einsehen, nachdem er die neunte 'Werfickt-momentan-wen'-Story aus seinem unendlichen Fundus kramte und zu Merticzs großer Erheiterung zum Besten gab. Das einzige was dieser, quasi als Gegenleistung, bisher aus seinem immer häufiger mit Whiskey gefüllten Mund hatte entweichen lassen, war, abgesehen von einer schier unfaßbaren Anzahl an sauren, explosionsartigen Rülpsern, diversen rassistischen Äußerungen und einigen wenigen obszönen Witzen (die Brimner aber alle schon kannte ...), äußerst spärlich gewesen. Zwar hatte Brimner erfahren, daß es nicht sonderlich erbaulich ist, Pilzpastete auszukotzen, und daß Rigonis Leiche in einem erbärmlichen Zustand gewesen war, als man sie auffand, aber über den wahren Ermittlungsstand der Brooklyner Bullenschaft beziehungsweise deren Vermutungen in Bezug auf Nick und ihn selbst hatte er keinerlei neue Erkenntnisse gewinnen können.

„Ihr Neger seid alle Tiere!" bemerkte Merticz nun mit zur Hälfte heruntergeklappten Augenlidern und trank seinen neunzehnten Whiskey aus. Der Geruch des im Laufe der Konversation konsumierten Alkohols strömte ihm aus jeder Pore, sein schmächtiger Oberkörper hing schief über den klobigen Schreibtisch gebeugt und erweckte den Eindruck einer unmittelbar vor dem Zusammenbruch stehenden Altbaufassade.

„Ja, ja“, murmelte Brimner und goß seinem Gegenüber erneut nach. Seine Wertschätzung des in beeindruckendem Maße geistlosen Mediziners war heute nicht unbedingt gestiegen, und er wurde langsam ernstlich sauer, wenn er bedachte, wie früh er extra wegen dieses überflüssigen Lurchs aus den Federn gesprungen war! Er dachte an sein warmes, gigantisches Bett, an Eleonors warme, gigantische Brüste ... und hatte spontan nicht mehr die geringste Lust auf den anmaßenden Schlappschwanz, der gerade in seinem eigenen Besucherstuhl zusammensackte. Wahrscheinlich konnte Merticz ja sogar wenig dafür, daß er war, wie er war, wahrscheinlich mußte man einfach ein hybrides Arschloch sein, um Psychotherapeut oder Seelsorger oder dieses ganze Zeug werden zu können. Vielleicht wurde man auch mit der Zeit ganz zwangsläufig so scheiße und überheblich, wie es Merticz mittlerweile mit Haut und Haaren war, wenn man sich den ganzen Tag anderer Leute Problemchen (und seien sie noch so humoristisch wertvoll) anhören mußte und ihnen stets, sich selbst auf eine gottgleiche Stufe erhebend, Ratschläge und Lösungsmöglichkeiten mit auf den Weg gab – sich automatisch über jeden stellte, der durch die Tür in die ‘Praxis’ kam. Wie auch immer, Brimner verachtete den vor ihm sitzenden Mann restlos und abgrundtief, vor allem, wenn er sich Merticzs Vorliebe ins Gedächtnis rief, mit allerlei spitzen Gegenständen in den geöffneten Leibern wehrloser Leichen herumzustochern. Er kam zu dem Schluß, daß Nick wahrscheinlich ohnehin recht gehabt hatte mit seiner Vermutung, Scroaty habe nur mal so einen Schuß ins Blaue abgeben wollen, als er sie mit dem ganzen Schlamassel in Verbindung brachte, und entschied sich zu gehen. Er stellte dem nahezu besinnungslosen Mediziner die fast geleerte sowie eine brandneue, volle Flasche Whiskey vor die Nase, nahm sich selbst ebenfalls eine volle Flasche ‘für später’ mit – allerdings von dem etwas besseren Stoff – und verließ das Gebäude.

Er fuhr auf direktem Weg nach Hause, in Gedanken einerseits bei seinem Freund Nick und der Frage, was dieser im Moment wohl Heroisches anstellte (Brimner war überzeugt, daß sich sein Kumpel bei irgendeiner privaten Militärorganisation oder etwas Vergleichbarem kräftig Unterstützung besorgt hatte und gerade in dieser Minute das Sektenzentrum dem Erdboden gleichmachte), andererseits bei der Überlegung, was Eleonor ihm wohl in der Zwischenzeit schon Leckeres zum Mittagessen gezaubert haben mochte. Als er bei ihrem Haus ankam, glaubte er seine Frage beantwortet zu sehen: Es gab Nudeln – ausgezeichnet! Vor dem Haus stand nämlich ein Kleintransporter mit der Aufschrift *Luigis Canneloni - und der Tag wird ein Erfolg!* Schmunzelnd, weil er durch sein zu frühes Erscheinen Eleonor ein bißchen die Überraschung verderben würde, ging er ins Haus.

## 7
## *Not lehrt Denken*

Er kommt wieder zu sich!" Die Stimme des zwergenhaften Italieners schnitt in mein Bewußtsein wie eine heiße Messerklinge in Butter. Ich stöhnte und öffnete die Augen.

Ich befand mich in einem kleinen, halbdunklen Raum, in dem sich außer dem Diwan, auf dem ich lag, noch zahlreiche weitere Sitzgelegenheiten, unter anderem diverse nicht zueinander passende Stühle und ein rotes Plüschsofa befanden. Mir gegenüber hockte auf einem lederbezogenen Lehnstuhl, die Beine in der Luft baumeln lassend, der kleine befrackte Italiener und zog an einer Zigarette.

„Gestatten, Marcelotti ist mein Name ..."

„Zigarette!" gab ich krächzend von mir. Auf ein Nicken des Winzlings reichte mir einer seiner im Hintergrund sitzenden, unmenschlich kräftig gebauten Handlanger eine Packung Marlboro; in meinem angeschlagenen Zustand gab ich keinen Pfifferling auf die Marke und steckte mir gierig eine in den Mund. Marcelotti gab mir Feuer. Dann sprach er weiter.

„Ich nehme an, Sie haben bereits von mir gehört?"

Ich schüttelte den Kopf und inhalierte tief.

„Nun ..." Er schien etwas enttäuscht. „Man könnte sagen, ich bin ..."

„Die Mappe!" unterbrach ich ihn. „Von Ihnen war auch einer der Observationsartikel in der Mappe, die mir Signore Sterbini damals gab."

Er lächelte wieder.

„Ich sehe, Sie haben Ihre Hausaufgaben gemacht, Mister Nicholson. Ja, ich arbeite für den Don, gehe ihm hie und da etwas zur Hand, wenn Sie so wollen ... und da Signore Sterbini zur Zeit leider mit anderen Dingen beschäftigt ist, es jedoch fraglos hier um eine ausgesprochen *wichtige* Angelegenheit geht, bin nun eben ich hier. Sie verstehen? Also, um es kurz zu machen – die Sache macht mir genauso wenig Spaß wie Ihnen, das dürfen Sie mir glauben – *wo ist er*?“

Mir fiel die Zigarette aus dem Mund.

Marcelotti rollte die wieselhaften Augen himmelwärts. „Mister Nicholson, wir haben Mittel und Wege, Sie zum Sprechen zu bringen, das dürfte Ihnen bekannt sein. Ich ...“

„Verdammt, ich dachte, *ihr* hättet ihn!“ platzte ich heraus. Mein Gegenüber blickte mich erstaunt und unverständig an. „Wieso ...?“

„Als mich diese Sektenheinis ausquetschen wollten, dachte ich schon, mein letztes Stündlein hätte geschlagen, weil ihr mich die ganze Zeit über verfolgt und auf diese Weise herausgefunden habt, wo er steckt – und ihn dann vor mir da rauspraktiziert habt!“ Mit einigen hektischen Handstreichen beförderte ich die noch glimmende Kippe von meinem Revers auf den Boden. Der Brandfleck war beachtlich.

Marcelotti schien jetzt ernstlich verunsichert.

„Selbstverständlich haben wir Sie überwachen lassen, Mister Nicholson; ziemlich genau, seit Sie Kontaktmann Kramartz bekanntgaben, daß Sie in Aktion sind. Und selbstverständlich haben wir auf diese Weise auch erfahren, daß Mister Bresbois von Arthur Massey gefangengehalten wird ... aber wir haben noch in keinster Weise irgendwelche Schritte in Erw...“

„Ja, und wie soll *ich* ihn dann entführt haben, wenn Sie mich doch die ganze Zeit beobachten lassen, Sie Trottel?“ rief ich, allen Respekt vergessend und rechtschaffen aufgebracht über so viel Dummheit auf einem Haufen.

„... ein guter Punkt!“ gab das Wiesel nachdenklich zu. „Wie sollten Sie ... verflucht! Craballo? Ihr habt ihn doch die ganze Zeit ohne Pause im Auge behalten, oder?“

„Hmmmpfh!“ Eine gedrungene Gestalt näherte sich mit einem seltsam anmutenden Knistern aus der hinteren Ecke des Raumes. Als er in den armseligen Lichtkreis trat, den eine Glaskugellampe voller Fliegenschmutz neben meinem Diwan in die Schwärze spie, erkannte ich, um was für eine Kreatur es sich handelte! Und noch während der Widerwärtige seine krümelnde Chipstüte zurück in seine Jackentasche stopfte, war ich aufgesprungen und hatte mich auf den Hundequäler gestürzt – denn kein anderer als der damalige Gehilfe des mittlerweile den Weg alles Irdischen gegangenen Marco Rigoni war es, der hier mit einem fettverschmierten Grinsen vor mir auftauchte.

„Langsam, Kollege!“ Zwei unglaublich schwere Hände fielen mir von hinten auf die Schultern, und ich wurde vehement auf meine Sitzgelegenheit zurückgeschleudert.

„Danke, Bretoni“, bemerkte Marcelotti kurz, dann wandte sich sein fragender Blick wieder dem Fettleibigen zu, der einen Werbevertrag mit Grillo’s-Chips abgeschlossen zu haben schien. Augenscheinlich hatte sein Gegenüber die Frage aber bereits wieder vergessen. Gedankenverloren puhlte er die Tüte wieder hervor und langte mit abstoßender Plumpheit hinein. Marcelotti seufzte.

„Ohne Unterbrechung? Ich meine, ihr habt ihn nie, wirklich *nie* aus den Augen gelassen?“

Als Grillo wiederum nur mit einem halb gesabberten, halb gerülpsten Grunzen antwortete, trat der mit Bretoni angesprochene vor und bestätigte die Vermutung seines Vorgesetzten. Dieser ließ sich ob der Tragweite dieser neu zu überdenkenden Tatsache zunächst wieder auf seinen Stuhl fallen. Ich griff zur Marlboropackung und zog eine neue hervor. Niemand schickte sich an, mir diesmal Feuer zu geben.

„Stimmt ja, stimmt,“ murmelte der kleine Italiener unterdessen vor sich hin, „... wenn er nicht kann, kann er nicht ... aber ... *wer dann*?!“ Er fixierte mich.

„Mister Nicholson! Es hat ganz den Anschein, als seien meine Leute nicht die einzigen gewesen, die sich in den letzten Tagen an Ihre Fersen geheftet haben, und als sei Signore Sterbini nicht der einzige, der an den magischen Kräften dieses Haitianers interessiert ist. Da bleibt nur eine Wahl: Sie werden diesen jemand ausfindig machen, verstanden? Sie werden herausfinden, um wen es sich handelt, wo er sich aufhält, und am allerwichtigsten: *wo er Bresbois versteckt hält!* Die Stadt kann er im Prinzip noch nicht verlassen haben, denn in dem Moment als ich gemeldet bekam, daß bei 'The Truth' etwas vorgefallen sei und mich anschickte, Ihren Arsch aus dem Feuer zu holen, gab ich Order, die Ausfahrtstraßen überwachen zu lassen, ebenso die Flughäfen. Ich gebe zu, daß unsere Leute nicht in allen Fällen hundertprozentig zuverlässig sind (er warf einen raschen Blick mit halbgesenkten Lidern in jene Ecke des Zimmers, aus dem emsiges Knistern und Schmatzen ertönte), dennoch gehe ich davon aus, daß man mir zwei Männer – einer davon mehr oder minder unfähig, sich aus eigenem Antrieb fortzubewegen – bereits gemeldet hätte, wenn sie irgendwo aufgetaucht wären. Also sind Sie jetzt wieder im Einsatz, Mister Nicholson! Und ich würde Ihnen raten, sich nicht allzuviel Zeit zu lassen!"

„Aber ...", wagte ich einzuwenden.

„Sagen wir, Sie haben ... 24 Stunden Zeit, ihn zu finden. Haben Sie bis dahin nichts vorzuweisen, ist Ihr Freund Brimner dran. Ja, Sie haben richtig gehört! Wir waren so frei, uns Ihren Kollegen als Faustpfand zu borgen, für den Fall daß Sie nach einem eventuell zu befürchtenden, von uns unbemerkten (wieder blickte er kurz in die Zimmerecke) ... *Entwenden* des Haitianers auf dumme Gedanken kommen würden ... ein kleiner Tip von mir: Halten Sie sich an das Zeitlimit, der Don kann auf verflixt widerliche Ideen kommen, wenn er schlecht gelaunt ist!"

Das glaubte ich ihm unbesehen.

„Aber ...," versuchte ich es abermals, „wie soll ich denn jetzt vorgehen, wo soll ich suchen? Wir haben doch überhaupt keine Anhaltspunkte, Sie ... Es könnte doch jeder gewesen sein, absolut *jeder* verdammte Bürger dieser Stadt! Ich kann doch nicht einfach ins Blaue hinein ..."

„Dafür sind Sie ja Detektiv, Mister Nicholson!" erwiderte Marcelotti kalt, stand auf und verließ, gefolgt von seinen Gorillas, den Raum. Als die Türe hinter ihnen ins Schloß fiel, war mir ziemlich schlecht.

Als ich zwei Stunden später allein in meinem Büro im Sessel saß, ging es mir keineswegs besser, im Gegenteil: Mit jeder Minute, deren Verstreichen Brimner (und in zweiter Instanz mich ebenfalls) einem sicheren und grausamen Tod näherbrachte, verstärkte sich mein Unwohlsein in ganz erheblichem Maße. Zu allem Überfluß schien sich auch meine kürzlich nur unzureichend auskurierte Verdauungsinsuffizienz, unmittelbar nachdem ich die kleine, leerstehende Konditorei, in der die Unterredung mit Marcelotti und seinen Männern stattfand, verlassen hatte, dazu entschlossen zu haben, meinen Körper einmal mehr mit vehementen Aktivitäten zu beglücken, und so setzte ich nun meine Grübeleien wechselweise auf der Toilette und in meinem Sessel fort. Nicht, daß mich dieses Gedankenwälzen bisher auch nur einen winzigen Schritt weitergebracht hätte ... aber wenigstens mein Gewissen bezichtigte mich nicht dauernd schreiend der Untätigkeit, solange ich mich mit dem Durchdenken dieser vertrackten Angelegenheit beschäftigte.

Ich zündete mir die fünfte Lucky in Folge mit dem Rest der ausglühenden vierten an und versuchte, das bisher Vorgefallene gedanklich irgendwie unter einen Hut zu kriegen. Da war also ich, wie ich meinen eher lächerlichen Versuch unternahm, Bresbois aus dem 'The Truth'-Bunker herauszuholen (und im Nachhinein konnte ich, nachdem ich Zeuge geworden war, welche Vorsichtsmaßnahmen dort zu treffen üblich war, ausgesprochen froh darüber sein, daß ich nicht dazu gekommen war es zu versuchen!); dann waren da die Männer Sterbinis, unter ihnen Marcelotti, die, kaum daß sie merkten, daß bei 'The Truth' etwas im Busch war, dort mit gezückten Kanonen auftauchten, *tabula rasa* machten und mich nebenbei heil von Arthur Masseys unsympathischer Gegenwart befreiten – in dem Glauben, *ich* hätte den Priester zwischenzeitlich irgendwie verschwinden lassen. Und zuletzt war da noch dieser buchstäbliche große Unbekannte, der just zehn Minuten vor mir und den Italienern bei Massey eingestiegen war, nachdem er offenbar jeden meiner Schritte der vorangegangenen Tage genau verfolgt und so herausgefunden hatte, wo Bresbois steckte, den alten Mann mir nichts, dir nichts mitgehen ließ wie ein Päckchen Zigaretten an der Kasse vom S-Mart um die Ecke ... und den ich jetzt gefälligst finden mußte!

Resignierend schnippte ich den abgerauchten Filter der Lucky auf den Boden und trat ihn aus. Diese Erweiterung meines Auftrags war der reinste Witz! Wie sollte ich jemanden ausfindig machen, von dem ich bis vor ein paar Stunden nicht einmal geahnt hatte, daß er überhaupt existierte? Genausogut hätte das Wieselgesicht von mir verlangen können, ich solle eine ganz bestimmte Person ermitteln, die sich nur dadurch von allen anderen Bewohnern New Yorks unterschied, daß sie sich gerade irgendwo in der Stadt am Automaten ein Päckchen Wrigley's gezogen hatte! Ich seufzte, erhob mich und begann träge Kreise um meinen Schreibtisch zu ziehen, in der Hoffnung, dabei auf bessere Gedanken zu kommen.

Mit geschlossenen Augen rief ich mir das Bild der unterirdischen 'The Truth'-Korridore vor mein geistiges Auge zurück, die aufgesprengte Stahltür, die zerschmetterte Pforte zu Bresbois' Zimmer, die toten Wachleute in riesigen scharlachroten Lachen, der durchdringende Geruch nach Blut, Exkrementen und Tintenfischringen ... AUHH – das war mein Schienbein gewesen! Ich riß die Augen auf und prallte von dem in Kniehöhe befestigten Heizkörper der hinteren Wand meines Büros zurück, gegen den ich, völlig von meinen nutzlosen Gedanken eingenommen, wie in Trance gerannt war. Was war ich für ein Idiot! Mit schmerzverzerrtem Gesicht rieb ich mir das Bein ... *stop,* einen Moment! Wie war das gewesen? „Geruch nach Blut, Exkrementen und *Tintenfischringen*"??? Verdammt, endlich hatte ich es! Nach fritierten Tintenfischringen der übelsten Sorte hatte es in Masseys Leichenkeller gestunken, und das nicht zu knapp! Ausgesprochen merkwürdig, zugegeben, nur – um genau zu sein brachte mich das keinen Schritt weiter ... oder doch? Ich humpelte zum Sessel zurück, ließ mich hineinfallen und griff nach den Zigaretten.

Die Packung war leer.

Ich massierte nochmals grummelnd mein angeschlagenes Schienbein, stand erneut auf, nahm meine Jacke von der Garderobe und begann, die Taschen nach einem noch nicht vollständig geleerten Päckchen Luckys zu durchstöbern; meine Suche wurde nicht von Erfolg gekrönt. Lediglich ein alter, zerknitterter Zettel fiel mir aus der linken Innentasche entgegen, den mir, wenn ich mich recht erinnerte, Antonio Sterbini irgendwann vor zehntausend Jahren einmal auf den Schreibtisch geschnickt hatte. Und während ich das Papier desinteressiert glättete und die Adresse las, die mit schwarzer Tinte darauf festgehalten war, dämmerte mir langsam, woher ich den verräterischen Geruch, den ich am Tatort der Entführung des Haitianers wahrgenommen hatte, schon kannte ...

## 8
## *Braune Wasser sind tief*

Entgegen meinen anfänglichen Befürchtungen hatte 'Smart Arty's Parlour' schon geöffnet, obwohl es erst früh am Abend war. Ich stellte meinen Wagen in einer Seitenstraße ab und betrat kurzerhand die nach wie vor lächerlich miese Absteige, in der ich vor gar nicht allzulanger Zeit Egon Kramartz, den Verbindungsmann Sterbinis, kennengelernt hatte. Denn just *er* war es gewesen, dessen Körperausdünstungen – oder was immer es sonst gewesen war – so eklatant an in zu altem Fett fritierte Calamares erinnert hatten!

Beim Eintreten versuchte ich augenblicklich, mir einen Überblick über den dämmrigen Gastraum zu verschaffen; Kramartz war – ich hatte es kaum anders erwartet – nicht anwesend. Um genau zu sein war *überhaupt niemand* anwesend ... mit Ausnahme des Barkeepers und einer einsamen, hageren Gestalt am anderen Ende der Theke, die aus einem gewaltigen Glaskrug Dr. Pepper Root Beer schlürfte, war der unordentliche Schankraum völlig menschenleer. Ich ließ mich ein paar Meter neben dem anderen Gast direkt vor dem glatzköpfigen Kneipenbesitzer nieder und bestellte ein doppelten Scotch. Als ich ihn bekam und kostete, glaubte ich zu verstehen, warum der Typ rechts von mir mit seiner nach Lakritze schmeckenden Limonade so zufrieden wirkte: Ebenso wie der Bourbon, den ich seinerzeit hier konsumiert hatte, und höchstwahrscheinlich die Mehrzahl aller anderen alkoholischen Getränke, die 'Smart Arty' ausschenkte, schmeckte der Scotch wie destillierte Ochsenpisse on the rocks. Ich setzte das Glas nieder und beugte mich nach vorne.

„Entschuldigung, Meister, aber ich hätte da mal eine kleine Frage ..." begann ich die Konversation.

„Ja, die Drinks schmecken hier alle so zum Kotzen." belehrte mich mein dürrer Tresennachbar von rechts ungefragt und prostete mir mit seinem Krug schmunzelnd zu. Ich prostete zurück, ohne zu trinken. Dann versuchte ich es erneut bei dem Barmann, der mittlerweile begonnen hatte, mit demselben Lappen, mit dem er bei meinem Eintreten noch fleißig die Gläser gewienert hatte, seinen linken Schuh, einen geschmacklosen alten Adidas-Sporttreter aus Glattleder, der jetzt auf seiner breiten Hand steckte, von ziemlich erheblichen Mengen an Straßenschmutz zu säubern, die sich auf dessen Oberfläche angesammelt hatten. Ich schaute kurz zur Seite, sah meinen Nebenmann unverändert grinsen, dann griff ich in meinen Geldbeutel und legte einen Fünfziger auf die Theke.

Augenblicklich ließ Glatze seinen Schuh wieder verschwinden, angelte sich mit einer gelassenen Geste und einem verräterisch gierigen Glänzen in den Augen die Banknote, leckte kurz daran und ließ sie mit einem zufriedenen Brummen in der Brusttasche seiner Latzhose verschwinden.

„Was wollense'n wissen, Mann?"

„Ich suche einen Mann," gab ich zu verstehen, „so etwa fünfzig, ein Gesicht wie Mister Ed und auch ungefähr dessen Gebiß, außerdem mit ziemlich strengem Körpergeruch ... einem etwas *ungewöhnlichen* Körpergeruch ..."

„Sie meinen doch nicht zufällig den Herrn Kramartz?" wollte die schmale Gestalt neben mir wissen und kam, offensichtlich hellhörig geworden, ein paar Hocker näher. Ich riß die Augen auf.

„Sie ... Sie kennen Egon Kramartz?" Es erschien mir mehr als unwahrscheinlich, daß der einzige Gast in dieser furchtbaren Gaststätte ausgerechnet derjenige sein sollte, der die Person, die ich momentan sehnlichst zu finden trachtete, kannte; obwohl ich in Anbetracht all dessen, was ich bisher erlebt hatte, mittlerweile auch ernsthaft in Erwägung zog, wieder an den Klapperstorch und den Osterhasen zu glauben ...

„So könnte man es sagen", lachte der Fremde, bestellte bei dem mittlerweile wieder ins Geschäft des Schuhreinigens versunkenen Keeper zwei frische Root Beer, dann bedeutete er mir, ihm an einen Tisch weitab der Theke, im hinteren, äußerst zwielichtigen Teil des Raumes zu folgen. Ich unterließ eine spitze Bemerkung in Glatzes Richtung, die sich um den sinnlosen Verlust von 50 Mäusen drehte, schüttelte den Kopf und folgte meiner neuen Bekanntschaft.

Als ich mich an seinem Tisch niederließ, streckte er mir seine Hand entgegen.

„Devereaux. Carl Devereaux ist mein Name.“

„Nicholson, sehr erfreut“, gab ich zweifelnd von mir und ergriff die Hand. Ich mochte kein Root Beer.

Carl Devereaux hatte ein offenes, nicht unsympathisches Gesicht, lichtes dunkelblondes Haar und trug eine braune Cordkombination; er war unrasiert, von schmächtigem Körperbau und trug am Handgelenk eine billige Casio. Kurz, er sah aus, wie üblicherweise ein typischer Privatschnüffler aussieht, sofern er nicht so aussieht wie *ich*.

„Ich bin Privatdetektiv“, erklärte Devereaux, und mir klappte fast die Kinnlade herunter. Mit dem Gedanken daran, daß meine hellseherische Intuition, beziehungsweise meine Menschenkenntnis, vielleicht doch nicht so mies war wie Sonja immer behauptet hatte, nahm ich auf diese Eröffnung erst mal einen tiefen Schluck Root Beer. Dann stand ich blitzartig auf und holte mir meinen Ochsenpisse-Scotch von der Theke nach hinten. Dieses süße Zeug schmeckte immer noch furchtbar, seit meiner Kindheit hatte sich nichts daran geändert – wie konnte man nur Dr. Pepper-Limonade trinken, um Himmels willen?

„Ich gehe dem gleichen Beruf nach, Mister Devereaux“, gab ich bekannt. „Was für ein Zufall, nicht war?“ Das fand er auch, und wir stießen an.

„Darf ich fragen, ob Sie Herrn Kramartz aus, eh ... geschäftlichen Gründen suchen, oder ist die Angelegenheit eher privater Natur?“

„Beides, verdammt! Ach, was gäbe ich darum, wenn ich mein Privatleben, oder allein mein Leben an sich, noch irgendwie von dem Fall trennen könnte, in dem ich momentan drinhänge! Ich kann Ihnen sagen ...“

Er nickte verständnisvoll.

„In so einer Lage war ich auch schon. Das war damals in Deutschland, als ich Kramartz das erste Mal überwachen mußte.“ Er trank.

„In Deutschland? Wie lange ist er denn schon in Amerika? Da er für Antonio Sterbini arbeitet, ging ich davon aus, daß er schon geraume Zeit, wenn nicht sogar sein gesamtes Leben hier zugebracht hat; einen Akzent hat er jedenfalls nicht.“

„Hmm, wenn Sie genau hinhören, werden Sie merken, daß er eine Art britisches Englisch spricht, die Sorte, die sie in Europa meistens an der Schule lernen. Er ist seit ‘91 in den Staaten, also seit knapp zwei Jahren.“

Devereaux holte ein Päckchen Pall Mall aus der Tasche und bot mir eine an; ich lehnte mit einem ungeduldigen Kopfschütteln ab und konzentrierte mich auf das, was er weiter zu sagen hatte.

„Wieso genau es ihm in so relativ kurzer Zeit gelang, sich bei Sterbini einzuschleusen, kann ich Ihnen auch nicht sagen; ich muß zugeben, daß ich ihn für die Dauer von fast einem Jahr aus den Augen verlor, nachdem er übergesiedelt war. Dann wurde mein Auftrag erneuert, und seitdem beschäftige ich mich mit ihm.“ Sein Root Beer war jetzt leer. Ich nickte fragend in Richtung des Glaskruges, doch er schüttelte den Kopf.

„Bevor ich Ihnen weitere Details anvertraue, würde ich zunächst gerne wissen, weshalb *Sie* sich eigentlich mit Kramartz beschäftigen? Wenn Sie vielleicht so freundlich ...?“

Ich seufzte und stützte den Kopf in die Hände. Nach kurzem Überlegen kam ich zu dem Schluß, daß es mir in meiner jetzigen Situation kaum noch schaden konnte, wenn ich Devereaux in alles einweihte ... die Wahrscheinlichkeit, daß ich Letterman am nächsten Freitag zur Late-Night-Show wiedersehen würde, war ohnehin schon verschwindend gering geworden. Also setzte ich mich stöhnend gerade, trank den Rest des üblen Scotchs herunter, um meine Kehle zu befeuchten, und legte los.

Als ich geendet hatte, saßen wir beide einige Minuten in tiefes Schweigen versunken am Tisch. Über eine Stunde war vergangen, im Hintergrund durchdrang mittlerweile das Jaulen einer alten Aerosmith-Scheibe das Halbdunkel, und das Gemurmel diverser nach und nach eintrudelnder Gäste erfüllte den Raum. Ich hustete kurz, dann griff ich an unseren vier in der Zwischenzeit geleerten Biergläsern (Bier schien das einzige zu sein, was man hier trinken konnte, ohne sich eine Magenverstimmung einzuhandeln, wie wir festgestellt hatten) vorbei zu Carls Packung und zündete mir eine Pall an.

Er hatte während der ganzen Zeit mehr oder minder bewegungslos in seinem Stuhl gehangen, es schien mir lediglich, als hätte ihn der Teil meiner Erzählung, der den alten Haitianer und die ihm nachgesagten Fähigkeiten betraf, ziemlich beunruhigt, und dieser Eindruck bestätigte sich, als ich ihn ein paar Sekunden später darauf ansprach, ob damit zu rechnen sei, daß Kramartz heute abend hier auftauchte.

„Und es ist tatsächlich so, daß man von diesem ... Brimbois behauptet, er sei imstande, *Tote* wieder zum Leben zu erwek-ken?“ überging er meine Frage schlicht.

„*Bres*bois. Ja, das wird anscheinend so getuschelt ... aber die Unterwelt zerreißt sich über vieles das Maul, wenn die Nacht lang ist, das ist bekannt. Was mich im Moment viel eher interessiert, ist, ob ...“

„Und Antonio Sterbini will den Priester genau aus diesem Grund in seine Gewalt bekommen?“ Der Detektiv schien regelrecht aus dem Häuschen, sein Atem kam in abgehackten, aufgeregt-keuchenden Schüben.

„Das ist es zumindest, was Torsi für uns in Erfahrung gebracht haben will, und meine diversen darauffolgenden Kontakte mit Sterbinis Leuten haben nicht eben dazu beigetragen, diese Annahme zu entkräften.“

„Wann genau ist dieser Mann von Haiti nach Amerika gekommen?“

„Carl, ich weiß nicht, was ..."

„*Wann*, verdammt?" Es schien ihm überaus ernst zu sein, und allmählich bekam ich es ein wenig mit der Angst, konnte ich mir doch in keinster Weise erklären, auf was er hinauswollte.

„Vor etwa zwei Jahren, aber ich weiß wirklich nicht, wieso ..."

„*Shit*!" Er hieb mit der Hand auf den Tisch. „Also doch."

Ich verstand nur Bahnhof.

„Ich verstehe nur Bahnhof," versuchte ich ihm klarzumachen, „und wäre über etwas Aufklärung außerordentlich dankbar!"

„Es ... es ist nichts," begann er wenig überzeugend, „ich glaube, mir ist nur eben klargeworden, *warum* Egon Kramartz damals von Deutschland in die Staaten übergewechselt ist."

„Was soll denn dieser Deutsche mit Bresbois am Hut haben, können Sie mir das vielleicht mal erklären?" wollte ich wissen, nun meinerseits ein wenig aufgebracht.

„Ich denke, dazu müßte ich etwas weiter ausholen und Ihnen zunächst mal erklären, wer Egon K. eigentlich ist und welchen Background er hat. Oh Gott ... mir offenbaren sich da bei genauerem Nachdenken gerade ganz ungeheuerliche Zusammenhänge ...!"

„Hä?"

„Los, kommen Sie!" Er sprang auf. „Ich kann Ihnen die Geschichte auch im Wagen erzählen. Na los doch! Wir müssen uns beeilen!"

„Aber ... wohin ?"

„Na, zu Egon Kramartz' Privatwohnung. So kommen Sie doch!"

Als ich eine Viertelstunde später neben Carl in seinem metallicblauen Mexiko-Käfer durch den Abendverkehr nagelte, war ich bereits um einiges klüger. Zwar war die Geschichte, die mir mein Berufskollege aufgetischt hatte, nicht unbedingt das, was man gewöhnlich abends am Stammtisch zu hören bekam, und unter normalen Umständen hätte ich mich seiner Schlußfolgerung auch kaum ohne weiteres angeschlossen, aber das hier waren zum Henker nochmal eben keine normalen Umstände, und wenn auch nur ein Fetzen Wahres an dem war, was Carl da sagte, hatten wir guten Grund, jede innerstädtische Geschwindigkeitsbegrenzung in den Wind zu schießen; denn dann wußten wir jetzt tatsächlich, wo Ti-Samuel Christophe Bresbois steckte ... und warum!

Laut Carls Recherchen handelte es sich bei dem aus Bremen gebürtigen Deutschen um einen langjährigen Angehörigen der ultrarechtsradikalen Untergrundorganisation 'Hanns Schmuhrfs Rechte Basis', von der ich (wie laut Carls Aussagen auch gut 99% der deutschen Bevölkerung) noch nie etwas gehört hatte. Während der Zeit, die Carl in Deutschland zugebracht hatte und Kramartz aus eben diesem Grund observieren sollte (wer genau seine Auftraggeber in diesem Fall gewesen waren, wollte er beim besten Willen nicht verraten), war 'Stulle', wie man den Bremer aus ziemlich weit hergeholten Gründen in der rechten Szene auch zu nennen pflegte, in zahlreiche terroristische Aktivitäten verwickelt gewesen; aufgrund seines für einen Radikalen unverhältnismäßig hohen IQs war es jedoch weder der deutschen Ordnungsmacht noch einem der beiden weiteren auf ihn angesetzten Privatdetektive gelungen, ihn zu überführen und dauerhaft ins Gefängnis zu bringen.

Nachdem er im Sommer '91 in ein, wie Devereaux sich ausdrückte, „ziemlich widerliches Ding" verwickelt gewesen und der Polizei nur knapp entronnen war, nahm man an, er sei aus Gründen seiner eigenen Sicherheit nach Amerika ausgewandert und habe sich dort der ebenfalls rechtsradikalen Ouray-Gruppe, einem Ostküstenableger des Ku-Klux-Klan, angeschlossen. Dieser Verdacht war aber falsch, wie Carl, der kurze Zeit später ebenfalls nach Amerika zurückkehrte, ein Jahr später feststellte. Denn statt den amerikanischen Rechten beizutreten, hatte es 'Stulle' irgendwie geschafft, sich in das Kartell von Antonio 'Don' Sterbini einzuklinken, und wenngleich er dort bis zum heutigen Tage eine eher geringe Position bekleidete (schließlich war er lediglich der Kontaktmann zu

Private Detective Niggerson in einer ziemlich beschissenen Kneipe, ha, ha), war er doch sozusagen zu einem Mitglied der amerikanischen Mafia avanciert.

Bis zu diesem Punkt war mir noch immer nicht klar gewesen, was die ganze Sache eigentlich mit Bresbois zu tun haben sollte, oder was diese merkwürdige zeitliche Koinzidenz zwischen dem Umsiedeln des Deutschen und der Ankunft des Haitianers in Amerika zu bedeuten haben sollte. Aber auch darüber hatte mich mein Nebenmann nicht lange im Unklaren gelassen.

Er erinnere sich nämlich jetzt daran, so erklärte er mir mit einer leichten Gänsehaut, daß damals auch deutsche Zeitschriften von der Ankunft eines haitianischen Wunderheilers in New York berichtet hätten, eines Mannes, dem sein seltsamer und zweifelhafter Ruf bereits weit vorausgeeilt sei.

Und noch eine weitere Tatsache war es, die bei Carl ein handfestes Unbehagen hervorrief, wenngleich sie auf den ersten Blick gar nichts mit dem Fall zu tun hatte. Ob ich nämlich je davon gehört habe, daß die Leiche Adolf Hitlers bei ihrer Auffindung am 30.4.1945 überhaupt nicht einwandfrei habe identifiziert werden können, da sie über und über von Brandwunden entstellt gewesen sei?

Ich hatte weder davon gehört, noch von der anscheinend recht weitverbreiteten Theorie, Hitler habe zu Lebzeiten verschiedene ihm bereits von Natur aus ähnlich sehende Männer noch zusätzlich umändern und zurechtmachen lassen, bis er über eine ansehnliche Truppe ihm mehr oder weniger gleichender Doubles verfügte; und daß weiterhin einige ganz vermessene Historiker seit jeher behaupteten, der Tote, den man an jenem Tag im April zusammen mit seiner Angetrauten Eva Braun aus dem Führerbunker zu Berlin geborgen habe, sei gar nicht der *echte* Adolf Hitler gewesen! Doch noch immer konnte ich Devereaux' angeblich so ehrfurchtgebietendem und schrecklichem Gedankengang nicht ganz folgen.

Das erste Dämmern einer Erkenntnis stellte sich dann ein,

als Carl andeutete, die echte Leiche des Führers, der nach einem politisch eher passiven, noch über achtzehn weitere Jahre andauernden Leben unter Verwendung einer Tarnexistenz schließlich in der Nähe von Wuppertal an einer Leberzirrhose starb, sei dem Hörensagen zufolge (so ging offenbar in rechtsradikalen Kreisen die Rede), eingeschlossen und aufs penibelste konserviert in einem Block biologischen Spezial-Aspiks, heute in Besitz von – just 'Hanns Schmuhrfs Rechter Basis'!

Die Konsequenzen, die ich hieraus zu ziehen mich nun endlich ebenfalls befähigt sah, waren so unglaublich, so dermaßen hirnrissig, daß ich es kaum fassen konnte, und sofort sichergehen mußte, ob Carl tatsächlich ähnliches vermutete wie ich. Doch in diesem Moment passierte es!

„Verdammt!" hörte ich Carl noch aufschreien, Bremsen quietschten, dann gab es einen lauten Knall, und wir wurden heftig aus unseren Sitzen nach vorne katapultiert, gottseidank aufgehalten durch die schäbigen alten Stoffgurte des Käfers. Der Wagen stand mit einem Schlag, noch bevor wir wieder in die Polster zurückgesunken waren. Carl senkte den Kopf auf seine auf dem Lenkrad liegenden Hände, atmete tief aus und sagte laut vernehmlich: „Scheiße!"

Verständnislos blickte ich durch die Frontscheibe hinaus in die Nacht, wo ich die roten Rückleuchten eines PKWs keinen halben Meter vor meinem Gesicht gewahrte, und während mein Kollege sich bereits anschickte, aus dem Wagen zu steigen, erfaßte ich langsam die Situation; anscheinend war in just dem Moment, als wir mit ziemlich erheblicher Geschwindigkeit um die Ecke in die Seitenstraße gejagt waren, in welcher wir uns nun befanden, ein Wagen dabei gewesen, aus einer Hofeinfahrt zu unserer Linken rückwärts herauszusetzen. Logischerweise hatte Carl ihn weder früh genug sehen noch ihm ausweichen können, und so waren wir mit dem linken vorderen Kotflügel in die hintere Stoßstange des anderen Wagens gebrettert. Ich stieg ebenfalls aus.

„Shit!“ Devereaux stand an der Vorderseite seines Wagens und begutachtete den Schaden. Der Kotflügel war total im Eimer, die Beleuchtung auf dieser Seite ebenso, und ein häßlicher, handbreiter Kratzer zog sich über die vordere Fahrerseite des VW. Er trat voller Wut gegen den Reifen seines Autos. „Und das *jetzt*!“

Mittlerweile war auch der Fahrer des anderen Wagens, eines roten Mitsubishi-Kombis, seinem Gefährt entstiegen. Es handelte sich um ein kleines, rothaariges Bürschchen mit imposantem Schnauzbart und einer schreiend bunten Fleece-Weste, die er über einem dunkelblauen Jeanshemd trug. Ihn schien die ganze Sache relativ kalt zu lassen – kein Wunder, wie ich mit einem Blick auf den nur leicht eingeknautschten Plastikstoßfänger am Heck seines Fahrzeugs verstand.

„Na sowas“, sagte er dümmlich und irgendwie näselnd. „Wie ist denn das passiert?“

„Ich sage Dir, wie das passiert ist, du dämlicher Wicht“, ließ Devereaux, sichtlich außer Fassung, vernehmen. „Du hast beim Ausscheren nicht geprüft, ob die Straße frei ist – du hast als derjenige, der sich in den fließenden Verkehr einordnet, eine freie Bahn abzuwarten, und ich habe als Benutzer der eigentlichen Straße *immer* Vorfahrt!“ Er wischte sich mit seinem Schnupftuch Speichel aus dem Mundwinkel, und ich bewunderte unwillkürlich, wie gut er sich im Straßenverkehrsrecht auskannte; ich konnte im Vergleich dazu nicht mal Verkehrsschilder richtig lesen.

„Hmmm,“ sagte der Knilch und hüstelte geziert, „sollen wir die Polizei rufen, oder lassen wir es über Deine Versicherung laufen?“

„Ich hab’ dich wohl nicht richtig verstanden, du Totgeburt?!“ fuhr Carl auf. „Ich habe doch eben unmißverständlich zu verstehen gegeben, daß *du* schuld bist!“

„Also die Bullen“, stellte das Männchen uneinsichtig fest. „Das wird dich teuer kommen. Die Stoßstange hier ist ‘ne Spezialanfertigung ... die kostet mindestens tausend Mücken.“

„*Taus*... ich glaub', ich werd' dir ...!" Carl hastete vorwärts. Ich schob mich im selben Moment zwischen die beiden, hielt den Privatdetektiv mit festem Griff zurück und empfahl dem Fremden: „Sie gehen jetzt lieber und rufen die Cops, Mister ...?"

„Hipolito ist mein Name. Claudius Hipolito. Ja, ich denke, das werde ich tatsächlich tun." Völlig ungeachtet der Gefahr, vor der ich ihn soeben bewahrt hatte, schritt Hipolito, einen Schlüsselbund aus seiner Tasche ziehend, mit hocherhobenem Kopf auf die Fassade einer dunkel und geschlossen aussehenden Bar mit der ausgeschalteten Leuchtreklame 'N.F.E. Club' zu, entriegelte die Eingangstüre und verschwand darin.

„Ich fasse es nicht," stöhnte Carl, der den Abgang der Gestalt ebenfalls beobachtet hatte, „auch noch 'ne Schwuchtel! Heute kommt echt alles zusammen." Ich blickte ihn fragend an.

Er deutete auf das Schild über der Tür, in der Hipolito soeben verschwunden war. 'N.F.E.' – das heißt 'Not For Everybody'. Eine stadtbekannte Kette von Schwulentreffs. Und ihm gehört ganz offensichtlich diese Filiale!"

Ich blickte erstaunt wieder auf und musterte das Gebäude mit neuem Interesse. Als ich mich zurückdrehte, sah ich gerade noch, wie Carl die Fahrertür des Käfers hinter sich zuschlug. Ich hastete auf die andere Seite und sprang hinterher.

„Was machen Sie denn? Sie können doch nicht einfach wegfahren! Wenn Sie selbst schuld wären, wäre das was anderes ... aber wenn wir jetzt auf die Verkehrsstreife warten, muß der Trottel ihnen doch den Schaden ersetzen – Sie sind im Recht!"

„Merken Sie sich eins," erklärte mir Devereaux, während er den Motor anließ und den Wagen brutal zurücksetzte, „es gibt nichts Schlimmeres auf der ganzen weiten Welt als Schwule, denen die Toleranz ihrer Umwelt zu Kopf gestiegen ist. Der Typ hier käme doch gar nicht auf die Idee, daß er an irgendwas selbst schuld sein könnte, und wenn er schließlich einsähe, daß er rechtlich für den Schaden aufzukommen hat, würde er glatt behaupten, ich hätte durch mein zu spätes Bremsen versucht, ihn zu diskriminieren. Und auf so eine Diskussion habe ich jetzt alles andere als Lust ... geschweige denn *Zeit*, verdammt!" Er hatte fertig gewendet und ließ die Reifen des Kleinwagens aufheulen. „*Arrivederci*, Zuckerarsch", murmelte er. Es klang nicht freundlich.

Als wir um die nächste Biegung rauschten, war Hipolito noch nicht wieder aus der Bar zurück. Ich blickte kopfschüttelnd noch einen Augenblick nach hinten, dann wandte ich mich wieder um.

„Und der Schaden?"

„Die paar Dollar werde ich auch noch alleine berappen können ... was glauben Sie denn, warum ich so eine Schrottmühle fahre? Die Reparaturen sind erschwinglich."

Wir fuhren ein paar Minuten mit der bereits üblichen, halsbrecherischen Geschwindigkeit weiter, dann kam ich im Geiste wieder auf das zurück, was ich von Carl vor diesem kleinen Zwischenfall erfahren hatte. Es schien schier unglaublich!

„Und Sie sind tatsächlich der Ansicht, daß Kramartz sich nur deswegen bei Sterbini eingeschlichen hat, um irgendwie an Bresbois heranzukommen? Daß er ihn von Anfang an im Auftrag dieser Papa-Schlumpf-Basis entführen sollte und ihn nun nach Deutschland zurückbringen wird ...?"

„Exakt!"

„... und daß diese Irren dort versuchen wollen ... *den Führer* ... also nein, beim besten Willen, Carl; das kann ich nicht glauben!"

„Ich kann es genausowenig, was denken Sie denn? Aber allein die Tatsache, daß es sein *könnte* ... verdammt, wir sind einfach nicht schnell genug!" Er bog in einem Höllentempo um eine Rechtskurve. Die Pneus des kleinen Wagens quietschten zum Hirnerweichen.

„Aber wie konnten denn diese Nazi-Typen von Anfang an wissen, daß Sterbini irgendwann mal genau diesen Haitianer zu kidnappen beabsichtigen würde? Ich könnte wetten, der

Don hat das bis vor zwei Wochen selbst nicht gewußt!"

„Ich denke, das brauchten sie auch nicht vorher zu wissen; die Rechnung ist doch ganz einfach nachzuvollziehen: Die mächtigste kriminelle Organisation an der Ostküste ist nunmal die von Sterbini unterhaltene Abteilung der amerikanischen Mafia, und nicht die besagte Ouray-Gruppe, die nur wenige hundert Mann zählen dürfte und alles andere als professionell organisiert ist. Wahrscheinlich rechnete man sich bei Schmuhrf einfach die besten Chancen aus, Bresbois irgendwann hier drüben in die Finger zu bekommen, wenn es gelänge, einen aus der Nazimannschaft bei Sterbini unterzukriegen, der im entscheidenden Moment mächtig genug oder einfach zur rechten Zeit am rechten Ort wäre ..."

„Wovon letzteres ja nun geschehen ist!" fügte ich grimmig hinzu.

„... um zuzuschlagen. Ja, es war, gelinde ausgedrückt, ausgesprochen ungünstig, daß der Knotenpunkt zwischen dem Don und Ihnen ausgerechnet aus Egon Kramartz bestehen mußte, der Sie zweifelsohne seit dem ersten Mal, als er Ihrer in der Kneipe ansichtig wurde, bespitzelt hat und so herausfinden konnte, wo der Priester steckte. Er hatte wohl bereits von Anfang an die Ohren gespitzt, seit Bresbois' erstem eigenen Versuch, von 'The Truth' wegzukommen, denn in den letzten Wochen vermeinte ich bei Kramartz ein vermehrtes Maß an Aktivität feststellen zu können; er hat, soweit ich mich erinnern kann, auch wieder zahlreicher Überseegespräche geführt ..."

„... und von seiner Heimatbasis aus die definitiven Befehle erhalten!" schloß ich.

Ich dachte einen kurzen Augenblick nach.

„Moment mal," kam mir da in den Sinn, „wenn Sie doch wiederum Ihrerseits Kramartz die ganze Zeit über observiert haben, wie kommt es dann, daß Sie weder anwesend waren, als ich mich zum ersten Mal mit ihm getroffen habe, noch, als er mir über Tage hinweg folgte und schließlich in Masseys Hauptquartier einstieg?"

„Ich ... Sie müssen meinen Observierungsauftrag in bezug auf Egon Kramartz etwas anders verstehen, als Sie das wohl aus Ihrem eigenen Berufsleben gewohnt sind; meine Auftraggeber – und ich verrate nicht zuviel, wenn ich sage, daß es sich um ziemlich *einflußreiche* Persönlichkeiten handelt – haben kein wirklich tiefgreifendes Interesse an dem Deutschen. Es handelt sich mehr um eine Art Daueraufsicht: Ich gehe alle paar Tage und schaue, wo Stulle sich gerade rumtreibt, was er so anstellt und ob er eben noch seinen üblichen Tätigkeiten nachgeht. Das melde ich dann in mehr oder weniger regelmäßigen Abständen, und den Rest der Zeit liege ich auf der faulen Haut und verprasse die nicht unbeträchtlichen Geldbeträge, die man mir dafür zukommen läßt."

„Das ist ja traumhaft", gab ich neidvoll und ein wenig sarkastisch (wie ich hoffte) zu und schaute ins Handschuhfach des Käfers, wo ich eine zerdrückte Schachtel Pall Mall und einen halbgegessenen Whatchamacallit-Riegel fand; ich stopfte mir den hartgewordenen Karamelbatzen in den Mund, steckte zwei von den Stengeln in Brand und gab einen davon Carl. Er nahm dankbar an.

„Und jetzt wissen Sie auch, woher ich weiß, wo sich seine Wohnung befindet!" Er sah mich einen Moment lang mit seinem entwaffnend offenen Blick an, dann wandte er sich wieder dem langsam dünner werdenden Verkehr und seinen eigenen Gedanken zu. Ich saß wie betäubt neben ihm, zog verkrampft an meiner Zigarette und kalkulierte verzweifelt, wie wir zu zweit mit einem komplett wahnsinnigen Nazi fertigwerden sollten, der in einem mit modernsten Mitteln überwachten Gebäudekomplex fünfzehn schwerbewaffnete Wachleute umgenietet hatte ...

Kaum drei Minuten später waren wir am Ziel. Wir sprangen aus dem Wagen, warfen die Kippen zu Boden, zogen mit einer Synchronizität, wie ich sie bisher nur bei *Miami Vice* gesehen hatte, unsere Pistolen (Devereaux benutzte eine verdammt Bond-mäßig aussehende Walter PPK mit Schalldämpfer), dann eilten wir geduckt zur Tür des Mietshauses Publier Street No. 112.

„E. O. Kramartz. Das ist er!“ Devereaux deutete auf ein Klingelschild in der oberen Hälfte der Anzeigetafel.

„Wofür steht das ‘O.’?“ flüsterte ich, während ich mich wunderte, wieso ich mich so leise verhielt, denn Kramartz schien mindestens im fünften oder sechsten Stock zu wohnen und hörte mich garantiert nicht.

„Wahrscheinlich für ‘Octopus’ oder so was ähnliches,“ witzelte Carl, „aber wieso flüstern Sie eigentlich – Kramartz wohnt im sechsten Stock, er hört Sie garantiert nicht?“

„Ha, ha. Wissen Sie eigentlich, warum der Mann so eigenartig und intensiv nach fritierten Cephalopoden riecht?“ wollte ich mit normaler Lautstärke wissen und drückte die nur angelehnte Tür zum Treppenhaus auf.

„Eine gute Frage,“ mußte Carl zugeben, „ich denke, es ist dieses widerwärtige Eau de Toilette, das er schon damals in Deutschland mehrmals täglich verwendet hat ... wie hieß es noch? Egal, er muß sich jedenfalls damals einen gehörigen Vorrat davon mit herübergebracht haben, da das Zeug hierzulande nirgendwo zu haben ist; na, und in der Zwischenzeit ist es wohl irgendwie ranzig oder muffig geworden, jedenfalls ist Egon K. seit geraumer Zeit berüchtigt für sein etwas extravagantes olfaktorisches Auftreten, he, he. Und jetzt kommen Sie!“

Nebeneinander schritten wir die Treppen hinauf, die Waffen in der geballten Faust. Ich transpirierte wie ein Ochse.

„Was meinen Sie, wie er mit Masseys Militärbuben fertiggeworden ist?“ suchte ich auf Höhe des dritten Stockes zu erfahren, als mich meine Nervosität wieder zwang, den Mund aufzumachen. „Ob er es überhaupt allein getan hat?“

„Oh, davon ist auszugehen. Er besitzt ein tragbares Gibbs-600-Runden-Maschinengewehr aus den Fünfzigern; bestialisch schlecht zu handhaben, aber eine Durchschlagskraft, das können Sie sich gar nicht vorstellen.“

Und wie ich konnte!

Schließlich erreichten wir das sechste Stockwerk, und die Entdeckung, die wir hier machen mußten, war alles andere als geeignet, meine Laune in unabsehbar euphorische Höhen schießen zu lassen, im Gegenteil: Auf die déjà-vu-artige Intensität des sich hier bietenden Anblicks hätte ich, ehrlich gesagt, lieber verzichtet.

Die Tür zu Kramartz' Wohnung, die einzige auf diesem Treppenabsatz, war, schlicht gesagt, nicht mehr vorhanden. Wo sie sich eigentlich hätte befinden sollen, gähnte der leere, dunkle Türrahmen, in dessen Öffnung einige letzte, scharfsplittrige Holzkanten wie die Zähne eines überdimensionalen, monströsen Maules hineinragten. Der Rahmen selbst war an den Stellen, wo sich Angeln und Türschloß befunden hatten, ausgefranst und aus der Wand gerissen, und überall auf dem Boden lagen Holzfragmente unterschiedlichster Größe umher.

„Aufgesprengt!" bemerkte Carl überflüssigerweise.

„Ach?" konterte ich und machte einen Schritt durch die klaffende Öffnung ins Innere der Wohnung.

„Vorsicht! Er könnte immer noch drinnen sein!" warnte Devereaux mich zischend und folgte mir langsam.

„Das glauben Sie doch selbst nicht", gab ich zurück und betätigte den Lichtschalter an der inneren Wand neben der Türöffnung. Eine altmodische runde Lampionlampe aus Papier tauchte den kleinen innenliegenden Garderobenraum und den angrenzenden Flur in ein trübes, gelbliches Licht.

Ich machte einige weitere Schritte und näherte mich einer Tür, die sich als erste von dreien zu meiner linken in der Wand des kurzen, mit einer abscheulichen Blümchentapete versehenen Ganges befand. Hinter mir hörte ich Carls gepreßten Atem. Der Geruch meines eigenen Schweißes stach mir mit unerhörter Penetranz in die Nase und machte sie so fast unempfänglich für den in der ganzen Wohnung hängenden, fast greifbar dichten Tintenfischgeruch. Ich war zum ersten Mal dankbar für dieses reibungslose Funktionieren meiner Körperfunktionen und schlich weiter.

Die Tür bestand in ihrem oberen Drittel aus nahezu undurchsichtigem Milchglas und war nur angelehnt. Mit dem Lauf meiner Waffe stieß ich sie weiter auf und warf einen Blick in den angrenzenden Raum.

Es handelte sich um Kramartz' Badezimmer, wie ich im Zwielicht des vom Flur spärlich hereinfallenden Lichtes eben noch erkennen konnte; der Raum war klein, anscheinend grau oder beigefarben gekachelt und wurde dominiert von einem durch ein niedriges Podest erhöhten Toilettensitz mit dickem, flauschigem Plüschbezug auf dem Deckel. Im Waschbecken lagen ein Kamm und eine Haarbürste, und auf einer Ablage darüber standen mehrere Tuben und Dosen mit Haarpomade. Der Raum schien völlig menschenleer.

Es war unheimlich still.

Ich drehte mich um und folgte Devereaux, der bereits ein paar Schritte vorausgegangen war; er stand nun vor der nächsten Tür, die geschlossen schien, und drückte mit der freien Hand die Klinke herunter. Dann stieß er leicht dagegen, sprang zurück und riß die Pistole in den Anschlag.

Nichts geschah. Ich trat neben ihn und wir glotzten gemeinsam in Stulles Schlafzimmer, das auf der anderen Seite der aufgeschwungenen Türe lag; außer einem spartanisch wirkenden, schmalen Bett, einem häßlich-klobigen Kleiderschrank und einem mit Klamotten zugehängten Herrendiener gab es hier nichts zu entdecken, und wir schickten uns an, den letzten der drei Räume in Augenschein zu nehmen. Irgendwie ahnten wir beide, ohne daß es einer hätte aussprechen müssen, daß uns eine ziemlich wenig erfreuliche Begegnung unmittelbar bevorstand. Ich zog einen Streifen Kaugummi aus der Brusttasche meines Hemdes (er mußte mindestens zehnmal mit in der Waschmaschine gewesen sein, aber was zählte das jetzt schon?), steckte ihn in den Mund, und schritt mit gezückter Waffe, Schulter an Schulter mit Devereaux, auf die letzte Tür am Ende des Korridors zu.

Sie stand einen Spalt weit offen, und von drinnen schimmerte orangefarbenes Licht zu uns in den Flur. „Bei drei!“ flüsterte ich Carl zu, packte die Pistole mit beiden Händen und begann zu zählen.

„Eins.“ Meine Nase juckte barbarisch, aber ich wagte nicht, eine Hand von meinem Schießeisen zu lösen.

„Zwei.“ An verschiedenen Stellen – vermutlich dort, wo sich gerade Poren öffneten und perlende Schweißtropfen in die Freiheit entließen – brannte meine Stirn wie Feuer. Aber ich rührte mich nicht.

„Dr...“ Da plötzlich ein ohrenbetäubendes Geräusch – *direkt neben mir*! Ich wirbelte herum, nahm innerhalb einer Hundertstelsekunde die feine Nebelwolke winziger Speicheltröpfchen wahr, die bei Devereaux’ mächtigem Nieser seinen Schlund verlassen hatte und sich nun bemerkenswert langsam durch die abgestandene muffige Luft auf mein Revers senkte, da torkelte mein neuer Freund auch schon unvermuteterdings vehement nach vorne los, offenbar in der Annahme, ich hätte während dieses kurzen Lärmausbruches meinen Countdown beendet. Er rempelte ästhetisch wie eine trächtige Nilpferdkuh gegen das hellbraune Holz der billigen Tür, die sofort aufflog und mir, vorbei an dem prompt auf die Fresse knallenden Devereaux, den Blick eröffnete auf ein großes, als Wohnküche eingerichtetes Zimmer. Und ich sah auch Egon Kramartz!

Während Carl ungeschickt versuchte, sich über seine linke Schulter abzurollen, wobei ein gezischter Schmerzenslaut seinen zusammengepreßten Lippen entwich, fand ich Zeit festzustellen, daß der am Boden liegende Egon sich seit unserem letzten Zusammentreffen ganz erheblich verändert zu haben schien. Nachdem mich ein rascher Rundblick versichert hatte, daß sich außer uns dreien niemand im Raum aufhielt, stieg ich über den sich vom Boden aufrappelnden Privatdetektiv hinweg und trat an den Deutschen heran. Noch bevor ich feststellen konnte, daß er ziemlich unwiederbringlich mausetot war, kam mir irgendwie die Assoziation einer taufrischen Rosenknospe in den Sinn.

Stulle lag auf dem Rücken, die Arme weit ausgestreckt, als sei er haltsuchend hintenübergekippt. Sein längliches Pferdegesicht war zu einer erstaunten und schmerzverzerrten Grimasse gefroren, und seine Haut schien noch weißer zu sein, als ich sie in Erinnerung gehabt hatte. Mitten auf seinem Bauch befand sich etwas, das ich erst beim zweiten Hinsehen als seine strähnig nach außen hängenden, einer roten Sonne gleich in alle Richtungen Fühler ausstreckenden Innereien erkannte. Als sei etwas mit ganz erheblicher Gewalt von hinten durch den Körper des Mannes hindurchgetrieben worden, war auf seiner Vorderseite ein leuchtendes, sternförmiges Gewächs erblüht, wie es die Frühlingssonne dem nahrhaften Mutterboden schillernder und bunter nicht entlocken konnte. Es war verdammt widerwärtig.

„Orrgh ...“, sagte Devereaux neben mir und wendete sich rasch ab, um die kaum zwei Schritte entfernte Spüle der Kochnische mit seinem Mageninhalt zu füllen, der zum größten Teil aus Dr. Pepper und Bier bestand. Ungerührt starrte ich weiter auf die Leiche. Mein Verstand weigerte sich, das aufzunehmen, was er hier schon wieder geboten bekam.

„Er ... er ist dann wohl tot ...“, meldete sich Devereaux knapp zwei Minuten später zu meiner Rechten zurück, wobei er sich mit etwas Küchenpapier die Mundwinkel und seinen oberen Hemdkragen abwischte. Ich brachte noch immer keinen Ton heraus.

Carl hatte sich scheinbar wieder in der Gewalt und nutzte die Pause, die ihm meine unfreiwillige Erstarrung bot, um sich im Zimmer etwas eingehender umzusehen. Kurz darauf kam er aus der entferntesten Ecke mit einem Ungetüm von Gewehr auf mich zu, das augenscheinlich verdammt schwer und sperrig zu tragen war. Auf beiden Seiten der unglaublich großen Waffe baumelten Patronengurte mit daumengroßen Geschossen herunter, und an der Spitze des Laufes war ein handtellergroßes Zielkreuz, nicht unähnlich einem Mercedesstern, angebracht. Devereaux strauchelte zweimal unter seiner Last, dann ließ er seinen Fund lautstark vor mir auf den Boden gleiten.

„Womit auch die Frage geklärt wäre, wie er allein in der Lage war, den 'The Truth'-Bunker in Schutt und Asche zu legen!“ ließ er vernehmen und grinste breit. „Unklar ist mir nur, wie er das Monstrum die ganze Zeit über hat mit sich rumschleppen können ... das Ding muß mindestens zwei Tonnen wiegen.“ Er hatte noch Reste von Erbrochenem zwischen den Zähnen, aber ich sagte es ihm nicht. Ich sagte überhaupt nichts.

Ich fühlte mich gnadenlos verarscht!

Wie kam es eigentlich, daß immer, wenn ich irgend etwas zu tun beabsichtigte, völlig unvorhergesehenerweise so ein blödes Arschloch daherkam und exakt das tat, was *ich* mir eben vorgenommen hatte, und zwar just zehn Minuten früher als ich selbst? Länger als zehn Minuten war Kramartz nämlich garantiert noch nicht abgetreten, denn das Blut, das seinen Leichnam auf dem Teppich großflächig umgab, war erst zur Hälfte eingesickert und noch nicht getrocknet. *Zehn Minuten*! Wie kam es bloß, daß ich in letzter Zeit ständig zu spät zu kommen schien? Wie???

Merkwürdigerweise konzentrierte sich mein gesamter Haß mit einem Mal auf einen schätzungsweise mehrere Kilometer entfernten, schnurrbärtigen Typen mit Fleece-Weste und rotem Mitsubishi-Kombi. Ich schäumte.

„Sieht ganz so aus, als sei da jemand ein bißchen schneller gewesen als wir!“ bemerkte Devereaux jetzt, und ich stellte fest, daß meine Sympathien für ihn rapide im Schwinden begriffen waren.

„Sh ... shit.“ Ich hatte die Sprache wiedergefunden.

„Ha, das können Sie laut sagen!“ fand Carl und drehte sich weg, um das Zimmer weiter in Augenschein zu nehmen. Sein Glück!

Ich schüttelte kurz den Kopf, um meine Fassung wiederzugewinnen (*Zehn Minuten!*), dann steckte ich die Pistole ein und kniete mich zu Kramartz herunter.

Bei näherer Betrachtung stellte ich fest, daß sein Brustkorb und der darunterliegende Bauchraum regelrecht durchsiebt worden waren, wie es zum Beispiel eine kräftige Schrotladung bewirkt haben könnte, die aus unmittelbarer Nähe und aus einer äußerst durchschlagfreudigen Flinte in seinen Rücken abgefeuert worden war. Die Wucht dieses mehrhundertfachen Geschoßeinschlags hatte ihm im wahrsten Sinne das Innerste nach außen gekehrt; einschließlich einiger Bruchstücke seiner Wirbelsäule hing auf der Vorderseite so ziemlich alles aus seinem Wanst heraus, was ein Mensch im Körper mit sich herumtragen konnte. Der kupfrige Geruch nach frisch vergossenem Blut (viel davon!) war stechend. Ich richtete mich auf.

„Schauen Sie sich das mal an!" forderte Carl aus der anderen Ecke des Raumes. Er stand vor einem breiten eichenen Schreibtisch und hatte einige Schubladen aufgezogen, denen er nun fleißig beschriebene Briefbögen und andere Unterlagen entnahm. Als ich nähertrat, erkannte ich, daß die Dokumente zum Teil Nazi-Runen und SS-Symbole im Briefkopf aufwiesen. Ich pfiff leise durch die Zähne.

„Nicht schlecht, was? Er muß wirklich großes Heimweh nach Deutschland gehabt haben, wenn er es nicht einmal über sich gebracht hat, dieses für seine Auftraggeber höchst belastende Material nach dem Durchlesen zu vernichten, wie es zweifellos seine Order gewesen ist", räsonierte er. „Ganz erstaunlich, sehen Sie nur hier!" Er zog ein Photo aus einem der Umschläge, auf dem verschwommen ein großer, gelblicher Block einer halbdurchsichtigen, undefinierbaren Masse zu erkennen war, in dem eine menschenähnliche Gestalt eingebettet zu liegen schien.

„Ob ... ob *er* das ist?" fragte Devereaux zögernd.

Ich hielt das für relativ unwahrscheinlich, eine plumpe, propagandistische Fälschung, mit der die rechten Rädelsführer ihre kleinhirnigen Gefolgsleute mit euphorischer Motivation zu erfüllen suchten. Carl drehte das Bild um. Die Rückseite war mit kleiner, schwer zu entziffernder Schrift bekritzelt. Er kniff die Augen zusammen und begann zu lesen. Ich wandte mich gelangweilt ab und durchsuchte den Rest des Zimmers.

Als ich nach einigen Minuten noch immer nichts von Interesse gefunden hatte, außer einem hochlehnigen Lehnstuhl, um den verstreut mehrere zerschnittene Stücke eines dicken Strikkes lagen, kehrte ich zu meinem Kollegen an den Schreibtisch zurück.

„Das ist wirklich unfaßbar!“ stieß er hervor. „Hören Sie nur, was hier steht: *Und hier nun, lieber Egon, wie versprochen, ein Bild von unserem großen Führer, wie er wohlbehütet in seinem Schutzmantel von modernstem Bioplastik-Material in unserer geheimen Residenz unter dem Kaiser Wilhelm-Nationaldenkmal auf dem Kyffhäuser ruht und – noch! – den Schlaf des vorübergehenden Todes schläft. Aber bald schon, oh Egon, wird er sich dank Deiner treuen Arbeit von neuem erheben und zu uns sprechen und das Deutsche Volk wieder zu seinem verdienten Glanze führen! Sei schnell und gewissenhaft, Egon, die Deutsche Nation zählt auf Dich! Gezeichnet: Oberstleutnant K. Dinstühler.* Das ist doch ein Hammer, oder?!“ Er schien rechterdings entgeistert.

„Kyffhäuser? Wer oder was soll denn das sein?“

„Der Kyffhäuser ist ein Berg bei ... im ... in Deutschland, irgendwo im Harz, glaube ich; in seinem Inneren sollen, der Sage nach, die verstorbenen Kaiser des deutschen Reiches nach ihrem Tod Residenz bezogen haben, also zum Beispiel Otto I, Friedrich II, ...“

„Ach?“ Dieser ganze Nazi-Mist interessierte mich, ehrlich gesagt, nicht die Bohne. Die einzige Frage, die ich mir stellte, war, wo der Haitianer bei dieser Sache wieder abgeblieben war. Das wollte ich nun auch von Devereaux wissen.

„Sie denken nicht, daß der Alte sich selbst befreit hat?“

„Sehen Sie sich doch die Seilstücke dort drüben an. Einwandfrei zerschnitten! Und mit gefesselten Händen, so wie Bresbois sie wohl mit ziemlicher Sicherheit gehabt haben dürfte, schneidet es sich nun mal verflucht schlecht Fesseln durch.

Außerdem ... glauben Sie, er hat Kramartz mal kurz in den Rücken gehustet, oder wie erklären Sie sich dessen Verletzungen?“ Ich drehte mich einmal um die eigene Achse und ließ meinen Blick zum wiederholten Mal durch den Raum schweifen. „Wenn ich ehrlich sein soll, möchte ich gar nicht mehr wissen, wer ihn dieses Mal wohl entführt haben könnte ... ich wäre nur froh, wenn ich wüßte, wo Bresbois jetzt steckt!“ Ich blickte zu Devereaux, der immer noch am Schreibtisch stand und fassungslos die Papiere anstarrte, die er in seinen Händen hielt.

„Aber ist Ihnen denn die Tragweite, die Brisanz dieser Indizien nicht ...“

„Hören Sie!“ Ich machte einen raschen Schritt in seine Richtung. „Ich will Ihnen mal was sagen: Es kann sein, daß Ihnen dieser ganze Müll hier (ich deutete auf die Briefe und Umschläge) so richtig teuflisch wichtig vorkommt, aber ich war noch nie in Deutschland, und es interessiert mich, gelinde gesagt, einen Dreck, ob irgendwelche Fanatiker mit den verwesten Kadavern von irgendwelchen Ex-Diktatoren rumspielen oder im Harz irgendwelche Schweinereien mit deutschen Nationaldenkmälern anstellen; das einzige, was mich jetzt interessiert ist, daß ich die nächsten 16 Stunden überlebe, und möglichst viele anschließende Jahre ebenfalls noch. Und das kann ich nur, wenn wir diesen beschissenen Wunderdoktor endlich finden. Außerdem (und ich deutete zum Fenster) werden in nicht allzu langer Zeit die Bullen hier auftauchen, denn wer immer Kramartz umgelegt hat – ich könnte wetten, er hat es nicht leise getan! Was meinen Sie denn, warum es im Treppenhaus so verdächtig still war? Die hängen alle an der Strippe und hören sich von der Telefonistin der Cops an, daß in wenigen Sekunden Hilfe ...“ Lautes Sirenengeheul von unterhalb des Fensters schnitt mir just in dieser Sekunde das Wort ab.

Ohne ein weiteres Wort drehte ich mich um, setzte über den blümeranten Stulle hinweg und war schon an der Tür angekommen, ehe noch Devereaux einen letzten verzweifelten

Blick auf die ach-so-bedeutenden politischen Dokumente in seiner Hand geworfen hatte. „Lassen Sie den Mist liegen und beeilen Sie sich!" zischte ich ihm zu und beeilte mich, aus dem Haus zu kommen, bevor die Spielkameraden von Zak Scroat es vollständig abgeriegelt haben würden. Und es wurde verdammt knapp!

Als ich am Morgen des nächsten Tages mit dem Packen meines großen Schalenkoffers fertig wurde, hatte ich nach meiner Rechnung noch über dreieinhalb Stunden Zeit, bis Marcelottis Ultimatum ablaufen würde. Das sollte genügen!

Auch wenn ich es niemals jemand anderem gegenüber zugegeben hätte: Ich hatte mich dazu entschlossen, auf Brimners Schicksal zu scheißen und die Kehre zu machen! Die Großmutter meiner Ex-Frau Sonja, mit der ich mich – im Gegensatz zu ihrer Enkelin – stets glänzend verstanden hatte, besaß ein kleines, schnuckeliges Häuschen in Südfrankreich, in dem sie ab und an zu wohnen pflegte, sofern sie nicht gerade auf Besuch in den Staaten weilte ... und Europa hatte ich schließlich schon immer mal besuchen wollen!

Nachdem es mir in der Nacht zuvor nur ganz knapp und unter Aufbietung aller mir zur Verfügung stehenden Gewitztheit gelungen war, aus dem Haus Publier Street No. 112 zu entwischen, bevor die gesamte New Yorker Bullenschaft sich ringsherum häuslich niedergelassen hatte, war ich auf schnellstem Wege mit einem Taxi nach Hause gefahren; ob Carl es ebenfalls noch geschafft hatte, konnte ich beim besten Willen nicht sagen, aber es erschien mir mehr als unwahrscheinlich. Anschließend hatte ich ungezählte Runden durch mein Wohnzimmer gedreht, das Problem in meinem Kopf drehend und wendend, und dabei ungezählte Wodka Martinis in mich hineingegossen. Schließlich hatten mich der Alkohol und die Anstrengungen des vergangenen Tages übermannt, und ich war auf dem Sofa zusammengesackt und in einen tiefen Schlaf gesunken, in dem es von Träumen um rosenknospenbekränzte, schnauzbärtige Altnazis und in Erdbeermarmelade konservierte riesige Maschinengewehre nur so wimmelte.

Wie gerädert war ich am Morgen wieder erwacht, als ich mir auch schon spontan der beiden essentiellen Tatsachen bewußt wurde, die seitdem zu den wichtigsten meines Lebens avanciert waren. Erstens: Es war schon fast Mittag! Und zweitens: Nathalie Cummings, Sonjas Oma, war eine äußerst liebenswerte alte Dame! Diese beiden Fakten ließen nur einen möglichen Schluß zu: Bis in spätestens zwei Stunden war ich außer Landes, mochte anschließend passieren, was wollte. Zwar versetzte mir der Gedanke an Brimner, der momentan noch in den Klauen dieser verabscheuungswürdigen italienischen Schwerkriminellen einer Erlösung durch mich harrte, einen schuldbewußten Stich in die hintere Schädelbasis, aber da exakt dort momentan ein unglaublicher Kater vom Vortag wütete, ging dieser Aufschrei meines Gewissens sozusagen etwas unter. Keine dreißig Sekunden später hatte ich meinen alten, schrottigen Samsonite aus dem Schrank gezerrt und mich ins Zusammenknäulen von Kleidungsstücken vertieft. Zwischenzeitlich rief ich rasch beim Flughafen an und reservierte mir einen Flug nach Paris.

Ich sah wieder auf die Uhr; noch knapp eineinhalb Stunden bis zu meinem Flug, und gut drei, bis die Italiener kommen würden, mich zu holen. Blieb eigentlich noch genug Zeit, rasch unter die Dusche zu springen, auf daß die Stewardessen sich später nicht allzu angewidert würden von mir abwenden müssen – schließlich sah ich nach den Erlebnissen des letzten Tages und der zurückliegenden Nacht mittlerweile toter aus als ein auf dem Highway zu Brei gefahrener Koyote ... ein sehr *räudiger* zu Brei gefahrener Koyote! Gedacht, getan.

Als die ersten nadelspitzen Strahlen des eiskalten Wassers auf meinen geschundenen Körper einprasselten, schrillte im Wohnzimmer die Klingel. Ich schloß genießerisch die Augen und hoffte für den Postboten, daß jemand von den anderen Mietern für ihn auf den Öffner drücken würde. Ich konnte jetzt nicht.

Einen Augenblick später ertönte die Klingel erneut, diesmal mehrfach hintereinander in einem ärgerlichen Stakkato. *Du Arsch,* dachte ich bei mir, *ich bin nicht da, verdammt!* Dann drehte ich zusätzlich den Heißwasserhahn auf, und die Welt versank in einem Getöse aus spritzendem, schäumendem Wasser und heißem, undurchsichtigem Dampf.

Als ich einige Minuten später das Wasser abdrehte und durch den halbgeöffneten Duschvorhang zum Handtuch griff, vernahm ich auf einmal einen explosionsartigen Tumult aus dem Wohnzimmer, und bevor ich irgendwie reagieren konnte, wurde die Tür zum Bad aufgerissen und Antonio Sterbini, flankiert von zwei ungeheuerlichen, MP-tragenden Italienern rauschte in den Raum wie ein Orkan in eine tropisch-schwüle Sommernacht. Wasserdampf kondensierte auf der kühlen, glatten Krempe seines seidenen Bodoni-Hutes, während hinter ihm noch mehr ochsenhafte Erscheinungen eintraten und mit ihren Lackschuhen Straßenschmutz auf meinen Badewannenvorleger trampelten. Der Don schnaubte vor Wut.

„Nicht genug damit, daß Sie die Frechheit haben, Bresbois aus den Händen dieses deutschen Verräters zu entführen, ohne mir etwas davon zu sagen, Nicholson, nein, Sie sind auch noch unverschämt genug, hier in aller Seelenruhe zu duschen, während auf dem Flugplatz schon die Triebwerke für Ihren Flug nach Übersee warmlaufen! Was bilden Sie sich eigentlich ein, denken Sie ich bin so dämlich und lasse Ihr Telefon nicht ständig überwachen, *Cretino*?! Aber so haben wir nicht gewettet!“

Einer der monströsen Leibwächter des Dons trat mit überraschender Behendigkeit vor und riß mich am Arm aus der Dusche. Ich kam schief auf und rutschte auf den nassen Fliesen aus. Selbstverständlich machte der Schrank keinerlei Anstalten, mich aufzufangen, so daß ich mich mit einem erstaunten Keuchen schlagartig vor dem Don von Brooklyn flachlegte.

Langsam richtete ich mich auf, wobei ich verzweifelt versuchte, mit meinem lächerlichen weiß-blauen Donald Duck-Handtuch (Geschenk von Sonja!) meine Blöße zu bedecken. Noch im Sitzen wandte ich den Kopf – um direkt in die schwarz-bestoppelte Visage eines mir nur allzu bekannten, Grillo's-Chips kauenden Kolosses von Italiener zu starren und aus dem Augenwinkel das bogenförmige Heransausen eines mir nur allzu bekannten Schlaginstrumentes wahrzunehmen. Dann wurde es einmal mehr dunkel um mich herum.

## 9
## *Wie man sich bettet, so stirbt man*

Als wir erwachten, waren wir zusammen. Das war das erste, was ich wahrnahm. Auf zwei Rücken an Rücken gestellten, unbequemen Vorkriegsholzstühlen saßen Brimner und ich, gefesselt mit mehr Metern hochwertigen indischen Hanfstrickes, als jeder von uns zu tragen in der Lage gewesen wäre. Ich räusperte mich und spuckte blutig aus; bei diesem erneuten Schlag auf mein Haupt war mir doch glatt die Lippe aufgeplatzt! Diese Hunde! Doch mein Unterbewußtsein teilte mir sogleich erschreckend deutlich mit, daß ich mittlerweile so tief im Dreck steckte, daß eine blutig-zerfetzte Lippe wohl noch das Geringste war von dem, was ich nun zu erwarten hatte!

Derweil kam Brimner in meinem Rücken ebenfalls langsam wieder zu sich, wandte den Kopf suchend hin und her und rüttelte probeweise an den bestialisch eng sitzenden Fesseln. Nun, da ich Gewißheit hatte, daß auch Harry noch am Leben war, begann ich, meine unmittelbare Umgebung bewußt wahrzunehmen; ich befand mich in einer gigantischen, spärlich erleuchteten Räumlichkeit, die stark den Eindruck einer stillgelegten Fabrikhalle erweckte. Das Gebäude war enorm hoch und bar jeden normalen Möbelstückes, bis auf einige weitere Stühle und ein gewaltiges Podest in der Mitte des freien Platzes. Die Seiten des Raumes verschwammen in undurchdringlichem Halbdunkel, und außer uns beiden schien niemand anwesend zu sein.

„Nick?“ Brimner hatte zur Sprache zurückgefunden.

„Nick? Bist du das da hinter mir?“

„Dreh’ dich um, dann siehst du’s!“ gab ich zurück.

„Sorry, geht beim besten Willen nicht. Man hat mir in den letzten 24 Stunden so oft mit Brachialgewalt eins auf die Rübe geballert, daß sich in meinem Nacken eine ganze Armada an Wirbeln verschoben haben muß; kann kaum den Kopf heben, so weh tut mir alles! Also: bist du’s oder bist du’s nicht?“

Ich seufzte. Brimner schien, entgegen allem, was er vorgab, noch viel zu wenig abbekommen zu haben. Mir dagegen tat der Schädel wahrhaftig höllisch weh, und zu allem Überfluß hatte die Bulldogge mit ihrem Chacko exakt jene Stelle erneut malträtiert, auf der das Schlagwerkzeug erst einige Tage zuvor plaziert worden war, so daß ich nun vermutlich eine mordsmäßige Doppelbeule zur Schau trug.

„Wie haben sie dich erwischt?“ fragte ich meinen Partner.

„Aufgelauert“, gab er maulfaul Auskunft. „In Eleonors Bungalow. Jemand scheint sie angerufen und unter einem Vorwand woanders hin bestellt zu haben; Ellie war jedenfalls nicht da, als ich heimkam. Jemand anderes dafür schon: Kaum war ich zur Tür rein – wumm!“ Aha.

Mit einigen wort- und übertreibungsreichen Sätzen unterrichtete ich Harry, wie es mir ergangen war, seit wir uns zum letzten Mal gesehen hatten, was er mit einem mißmutigen Grunzen quittierte. In diesem Moment flammte überall in der Halle gleißendes Neonlicht auf!

Der Anblick der Halle in beleuchtetem Zustand war noch um einiges imposanter; sie war schier endlos geräumig und, obgleich hier tatsächlich einstmals Fabrikinterieur und Maschinen ihr Dasein gefristet haben mußten, penibel sauber und sah verdammt guterhalten aus.

„Hier hat aber einer ganz schön Kohle in die Renovierung gesteckt“, murmelte Brimner halblaut.

„Ganz recht, Signore Brimner!“ erscholl plötzlich eine wohlvertraute Stimme von links. Ich drehte den Kopf und erblickte einen vorhangverdeckten Durchgang in der Seitenwand der Halle, durch welchen soeben Antonio Sterbini, gefolgt von einem unübersichtlichen Anhang größtenteils bewaffneter Italiener, den Raum betrat.

„Wie Sie vielleicht schon richtig vermutet haben, meine Herren, handelte es sich bei dieser Räumlichkeit früher um eine Manufaktur zur Herstellung von Blumenübertöpfen und Karamelbonbons. Bis zu dem Tag, als der Besitzer des Konzerns mich zutiefst enttäuschte, indem er beschloß, die üblichen Schutzgelder an meine rechte Hand Mario Marcelotti nicht mehr wie gewohnt zu überweisen." Er zündete sich geziert einen seiner Zigarillos an.

„Sie haben ihn umgebracht!" vermutete Brimner spontan aus meinem Rücken heraus.

„Fast", gab Sterbini zu. „Ich ließ ihm von meinen Spezialisten unter Vollnarkose sämtliche Knochen aus Armen und Beinen entfernen, er wurde kastriert und seiner Stimmbänder entledigt. Seitdem residiert er in einem großen, bronzenen Käfig in meinem Zweitwohnsitz in Neapel und erfreut dort meine Freunde und Geschäftspartner." Er paffte zufrieden vor sich hin. Auf meiner Rückseite vernahm ich, wie Brimner hart schluckte.

Indessen war der Strom der in den Raum flutenden Italiener zum Erliegen gekommen. Die meisten hatten sich in einem weitgesteckten Kreis um uns und das nur wenige Meter entfernt stehende Podest verteilt und trugen eine ansehnliche Kollektion der modernsten erhältlichen und noch nicht erhältlichen Schußwaffen zur Schau. Ich schätzte, daß mindestens vierzig Mann von Sterbinis privater Leibwache sich mit uns zusammen im Raum befanden – ein nicht eben angenehmer Gedanke! Doch bevor ich weiter darüber spekulieren konnte, welche Grausamkeiten der Don wohl mit uns vorhaben mochte, wurde meine Aufmerksamkeit durch das Eintreten einer weiteren kleinen Gestalt abgelenkt; ja, es war niemand anders als der zwergenhafte Mario Marcelotti, die soeben von Sterbini selbst erwähnte „rechte Hand" des Dons, der, die Hände lässig in die Taschen seiner Seidenhose vergraben, mit einem spitzbübischen Lächeln an Sterbinis Seite trat.

„Ich grüße Sie, Signore Nicholson!" ließ er vernehmen und hob zum Gruße eine Hand ansatzweise aus der Hosentasche. „Ich hoffe, Ihre kleine Einladung hierher traf Sie nicht zu unerwartet." Er lachte krächzend.

„Ich befürchte jedoch fast, daß mein Vorgesetzter sich bei

seinem Besuch bei Ihnen ein wenig unzivilisiert verhalten hat – und das gar nicht mal zu Unrecht, hatte ich ihm doch in meiner unendlichen Naivität eine alles andere als unwichtige Tatsache vorenthalten ..."

„Hä?" Ich verstand kein Wort.

„Hä?" Brimner ebensowenig.

„Nun," hub Sterbini selbst wieder an, „wenn Sie sich erinnern, Signore Nicholson, beschuldigte ich Sie vor nunmehr nicht einmal vier Stunden, unseren Ex-Angestellten Egon Kramartz, der, wie wir ja nun wissen, bedauerlicherweise nicht *ganz* hinter unserer Organisation stand, umgebracht und ihm den für mich so bedeutsamen haitianischen Priester entwendet zu haben. Das war vorschnell von mir, ich gebe es zu. Aber wie hätte ich etwas anderes vermuten sollen, wo mir doch mein Stellvertreter seinerzeit unglücklicherweise versäumte mitzuteilen, daß er auf eigene Faust *einen weiteren Mann* auf Bresbois angesetzt hat, der ihn in der Zwischenzeit ohne Ihr und mein Wissen aus den verräterischen deutschen Naziklauen entrissen hat ..."

„Einen *weiteren* ...?" Ich hätte mir etwas Ähnliches eigentlich denken sollen. Wer verließ sich in einer Angelegenheit, die ihm auch nur das geringste bedeutete, auf jemanden wie *mich*?

„... *diesen* Mann, um genau zu sein!"

Sterbini schnippte mit einer herrischen Geste mit den Fingern, und ein bärenhafter, einäugiger Italiener nahe dem Ausgang schritt zum Vorhang, schob ihn beiseite und murmelte einige Worte in die Dunkelheit dahinter. Dann trat er wieder zurück, und in der Türöffnung erschien – Bizeps!

„Bizeps!" keuchten Brimner und ich unisono. Uns war völlig unklar, was John Torsi, der als unser engster Verbündeter noch vor kurzem jede nur vorstellbare Gefahr für uns eingegangen war, indem er Marco Rigoni beseitigte, hier zu suchen hatte. Denn die Tatsache, daß er weder gefesselt noch bewacht in unsere Richtung kam, die abgesägte Schrotflinte gar wie üblich in der Rechten tragend, legte die Vermutung nahe, daß er momentan in den Augen der Italiener keine Gefahr darstellte. Und das war sonderbar.

„Ja, meine Herren, Sie sehen recht. Es *ist* John Torsi, genannt ... ‘Bizeps’“, erklärte Marcelotti überflüssigerweise.

„John, was zum Teufel machst du hier?“ wollte Brimner aus meinem toten Winkel heraus wissen. Doch Bizeps beachtete uns gar nicht.

Mit einer irgendwie verkrampft wirkenden Körperhaltung vermied er es, uns anzusehen und drehte sich stattdessen in Marcelottis Richtung.

„Sie erinnern sich doch noch an das, was wir ausgemacht hatten?“ fragte er diesen. „Was Sie mir versprochen haben für den Fall, daß ich Ihnen den Alten besorge?“

„Versprochen?“ Sterbini wandte sich zu den beiden um. „Mario, davon haben Sie mir nichts gesagt. Was haben Sie diesem Kerl offeriert für seine Dienste? Reden Sie!“

„Ich ... gar nichts, Signore Sterbini, ich schwöre es! Ich habe keinerlei Ahnung, wovon er spricht!“ Schweißperlen traten auf die enge Stirn des Wiesels. Offenbar hatte er eine derartige Entwicklung der Ereignisse nicht vorhergesehen. „Wovon reden Sie, Mann?“ wandte er sich schlecht heuchelnd an Bizeps.

„Ich warne Sie!“ platzte Torsi hervor. „Sie haben mir gesagt, was der Alte mit *seiner*“ – er deutete auf Sterbini – „Frau tut, kann er auch an Angelica vornehmen!“ Seine Augen verengten sich blitzartig. „Sie haben gesagt, ich soll meine kleine Angelica mitnehmen, wenn ich Bresbois heute abend zu Ihnen bringe, solle sie exhumieren, bevor der Verfall ihr allzu übel zugesetzt hat!“ Seine Stimme wurde laut, dröhnend. „*Sie haben gesagt, der Haitianer könne auch sie wieder zum Leben erwecken!!*“

Jetzt fiel bei mir der Groschen! Marcelotti mußte Torsi irgendwann zwischenzeitlich aufgesucht haben und ihn, da er in ihm einen fähigeren Mann erkannte als in mir, bestochen haben, Bresbois für Sterbini aufzufinden. Und daß er eine solche Überredung niemals mit einer gewöhnlichen materiellen Offerte fertiggebracht hätte, gerade wo wir uns so blendend mit Bizeps verstanden und Sterbinis Leute doch Torsis Geliebte auf dem Gewissen hatten, schien einleuchtend ... aber er hatte ihm augenscheinlich auch kein *gewöhnliches* Angebot gemacht!

„Mario!" fuhr Sterbini auf. „Sie haben diesem Abschaum gesagt, er könne hier seine dreckige kleine Hure mit..."

„*Angelica ist keine Hure!*" bellte Bizeps zurück. „Und ich habe sie draußen im Auto dabei, verdammt! Dieser verfluchte Zwerg hier hält besser, was er versprochen hat, oder ..."

„... oder *was*, Sie Simpel, hä?" grinste Marcelotti jetzt, da er einsah, daß er die Wahrheit nicht länger vor seinem Vorgesetzten verbergen konnte. „Sehen Sie sich doch mal um! Was wollen Sie denn tun, wenn ich Ihrem primitiven, einfältigen Wunsch nicht nachkommen sollte, Sie Trottel? Okay, ich gebe es zu: Ich *habe* Ihnen gesagt, daß, vorausgesetzt Sie finden den Haitianer, er eventuell versuchen könne, auch Ihre komische Freundin zu reanimieren – aber wie, frage ich Sie, wollen Sie mich jetzt dazu bringen, dieses Versprechen einzulösen? Sie haben Bresbois bei meinen Leuten abgeliefert und haben sich allein in diese abgelegene Gegend direkt in unsere Hand begeben. Hier stehen fünfzig gegen einen, Sie Idiot!"

Bizeps stand regungslos nur einen Arm weit entfernt von dem verabscheuungswürdigen winzigen Italiener und rührte sich nicht. In seinem Gesicht arbeitete es. Er schien zu realisieren, daß ihn sein fanatischer Wunsch, seine große Liebe wiederzuerlangen, tatsächlich mehr oder weniger blind gemacht hatte für die Gefahr, der er sich ausgesetzt hatte. Trotz der ziemlich unvorteilhaften Lage, in der ich mich selbst momentan befand, tat er mir irgendwie leid.

„Sie waren dem Don immer schon ein Splitter im Auge, jetzt kann ich's Ihnen ja sagen, Torsi, aber nichts als ein kleiner, unbedeutender Splitter, Mann! Sie hätten so weiterleben können wie bisher, wenn Sie sich nicht eingemischt hätten.

Was hatten Sie bloß mit diesem unzuverlässigen Niggerpack zu schaffen? Diese Sache ging Sie nicht das geringste an, aber Sie mußten ja unbedingt Pirrence und seinen widerwärtigen Bruder angehen, bezüglich der Hintergründe des Dons für sein Interesse an dem Alten und so weiter. Das hätten Sie besser gelassen ... aber jetzt, da Sie uns noch einmal zum Abschied gute Dienste geleistet haben, quasi Ihren unverzeihlichen Anschlag auf Marco Rigoni abgegolten haben, können Sie endgültig abtreten, Sie Abschaum! Sie haben unsere Projekte lange genug behindert, elender Auswurf! Es ist Zeit zu sterben!!"

Bizeps schien einen Moment zu überlegen, dann nickte er leicht, hob mit unglaublicher Behendigkeit sein Pumpgun, lud mit einer routinierten Handbewegung durch und blies Marcelotti den Schädel weg. Grobe Batzen von Gewebe und Knochen prasselten auf seine breite Brust, grau-weiße Gehirnmasse besudelte sein T-Shirt und machte den verwaschenen *Norman Bates says: Fuck Your Mother!*-Schriftzug gänzlich unlesbar.

„Halt's Maul", fand Bizeps noch Zeit, bebend vor Emotionen zu bemerken, dann gingen die Waffen von ungefähr zwanzig Italienern mit einem ohrenbetäubenden Donnern los, und Bizeps wurde augenblicklich mit einer beeindruckenden Menge von Wilson&Spencer 9mm Parabellum-Geschossen vollgepumpt.

„Arrrrggh!!!" sagte John Torsi, fiel geräuschvoll zu Boden und verschied zuckend. Als die letzten Schüsse verhallt waren und das letzte reflexbedingte Zittern in Bizeps' zerfetztem Körper erstarb, senkte sich eine unangenehme Stille über die Halle. Antonio Sterbini stand keine zwei Meter neben den übel verstümmelten Körpern und suchte in seinem Jackett hektisch nach einem neuen Zigarillo. Er gab sich betont unbeteiligt, und nur das Zittern seiner Hände, während er sich Feuer gab, und ein leichtes Beben seiner linken Braue verrieten, was wirklich in ihm vorging. Aber der Vorfall war so unfaßbar schnell vonstatten gegangen, daß er seinen Männern eigentlich noch nicht einmal einen Vorwurf machen konnte. Und das tat er auch nicht.

„Je nun ..." Er räusperte sich.

„Nach diesem ... unangenehmen Zwischenfall denke ich, wir sollten nun einfach so mit dem Programm fortfahren, wie ich es geplant hatte. Allein im Hinblick darauf, daß ich Ihren Tod, meine Herren, auf den Sie sicherlich bereits sehnlichst warten, nicht länger als unbedingt nötig herausschieben möchte. Und da ich will, daß wenigstens Sie Zeugen meines größten Triumphes werden, werden wir auch gleich zur Sache kommen!"

Er vollführte mit der rechten Hand einen Wink über seine Schulter hinweg, ohne sich umzudrehen, und sofort kamen zwei neutral gekleidete Italiener, offenbar seine niedersten Gefolgsleute, herangewuselt und räumten die Überreste der beiden Widersacher beiseite.

Als dies geschehen war, winkte Sterbini erneut mit der Hand, diesmal in eine andere Richtung, und der Einäugige am Vorhang setzte sich wieder in Bewegung und schickte sich an, das schwere Tuch aufzuhalten, woraufhin eine merkwürdige Prozession den Raum betrat.

Eine kleine Gruppe von extrem breit gebauten, südländisch-dunklen Hünen war es, die durch die Öffnung in der Wand trat. Es waren sechs an der Zahl, und sie trugen auf ihren Schultern eine attraktive Last; auf einer Art Bahre, noch leicht dampfend, was auf ein kürzliches Auftauen aus einer Stickstoff-Schockfrostung schließen ließ, lag ein junges, atemberaubend schönes Mädchen, höchstens neunzehn oder zwanzig Jahre alt. Es war splitterfasernackt.

Während ich noch versuchte, meine Fassung wiederzuerlangen, näherte sich der kleine Zug dem Sockel, in dem ich jetzt verschwommen einen provisorisch gezimmerten Altar zu erkennen glaubte, und bettete die Frau auf ebendiesem nieder. Dann traten sie zurück und entfernten sich. Ich konnte meine Augen nicht von dem Mädchen wenden.

„Sie wollen sie tatsächlich wiedererwecken, Sie Irrer!" rief Brimner plötzlich in einem Anfall von spontanem Heroismus aus der sicheren Deckung hinter meinem Rücken hervor. Schon sah ich mich durch einen weiteren ohrenbetäubenden Geschoßhagel aus allen Richtungen in ein lebloses, blutendes Stück Niggerfleisch verwandelt, doch es geschah – nichts! Lediglich Sterbini trat, immer noch mit einem Zigarillo zwischen den Lippen, mittlerweile aber deutlich nervös an selbigem saugend, neben uns.

„Was wissen Sie über Voodoo, Signore Nicholson?“ fragte er plötzlich.

„Ich ... Voodoo, sagen Sie?“ Verschwommene Bilder von haitianischen Hula-Mädchen zogen überraschend lebendig durch meinen Geist, Assoziationen zu längst eingestaubten Sachbüchern, längst vergessen geglaubten Fernsehdokumentationen wurden geweckt ... das bekannte Albert-Schweizer-Hospital im Inselhinterland ... ausgedehnte Maniok-Plantagen ... Zuckerrohr ... rituelle Tänze bei Mondschein ... oraler Sex ... viel davon ...

„Das dachte ich mir.“ Sterbini klang enttäuscht, obgleich er scheinbar nichts anderes erwartet hatte. Man merkte ihm nur allzu deutlich an, daß ihm mit dem Tod Marcelottis der einzige einigermaßen seiner Intelligenz gleichkommende Gesprächspartner verloren gegangen war, der seinen verworrenen Plänen wenigstens ein geringes Maß an Interesse entgegengebracht hatte; daß ein weiterer solcher sich unter seinen restlichen anwesenden Gefolgsleuten mit an Sicherheit grenzender Wahrscheinlichkeit nicht befand, zeigte ein rascher Rundblick. Stupide glotzende, unrasierte Schlägervisagen, stumpfe Augenpaare, auf Gewalt und billigen Fusel abgerichtet; ansonsten komplettes geistiges Vakuum.

„Bei der Voodoo-Religion handelt es sich ursprünglich um einen afrikanischen Kult, Signore Nicholson, das sollten Sie als Schwarzer doch eigentlich wissen.“

„Aber sicher – ich kenne jeden einzelnen Buschmann meines über dreißig Generationen hinwegreichenden Stammbaumes beim zweiten Vornamen“, parierte ich in einem erfolglosen Versuch witzig zu sein. Sterbinis *ausgesprochen* böser Blick ließ mich verstummen und setzte meine Angsttranspiration wieder in Gang.

„Die von der Westküste Afrikas importierten Sklaven brachten ihren diesbezüglichen Glauben und ihre Rituale damals mit in die Karibik," fuhr er fort, „wo er sich mit den Glaubensinhalten und der Geisterwelt der dort ansässigen Arawak-Indianer vermischte und bis heute erhalten geblieben ist. Die ausübenden Priester dieser Religion, die sogenannten 'bocores', oder auch 'papalois', vermögen auch heute noch Dinge, lieber Freund, die den Rahmen jeder Vorstellung sprengen!" Er trat seinen Zigarillo auf dem Boden aus.

„Vor allem, wenn man verzweifelt daran glaubt, daß es funktioniert!" flüsterte Brimner mir ins Ohr.

„Und Sie, Signore Brimner," – Harry zuckte erschrocken zusammen, als sein Name fiel – „haben nicht ganz unrecht, wenn Sie vermuten, daß ich meine geliebte Lucille mittels der geistigen und schwarzmagischen Kräfte von Ti-Samuel Christophe Bresbois wieder in ihre irdische Daseinsform zurückzurufen suche. Und dann ... dann werde ich endlich das tun können, was ich bereits viel früher hätte tun sollen: Ich werde Lucille ehelichen und mich mit ihr für alle Zeit nach Süditalien ins Land meiner Vorväter zurückziehen und ihr die Art von Leben bieten, die eine Göttin wie sie verdient!" Seine Augen nahmen einen merkwürdig verklärten Glanz an, und sein Atem beschleunigte sich merklich.

„Das ist einfach unfaßbar," flüsterte Brimner eine Spur zu laut, „diese Italiener sind noch bekloppter, als ich dachte! Die glauben doch glatt an den Weihnachtsmann, wenn irgendwas davon abhängt!"

Doch diesmal hatte auch Don Sterbini Brimners Wortlaut vernommen! Rasch trat er an mir vorbei, auf Harry zu. Zwar konnte ich nicht sehen, was vor sich ging, aber ich hörte das typische Klickgeräusche eines aufschnappenden Springmessers, ein kurzes *reißendes* Geräusch und dann Brimners unterdrückten Schmerzensschrei.

„Sie Kretin!" tobte Sterbini, gefährlich nahe am Rande geistiger Unzurechnungsfähigkeit balancierend, wie ich fand. Er kam wieder aus meinem toten Winkel zum Vorschein; in der Hand hielt er etwas, das aussah wie die Hälfte eines braunen Negerohrs. Ein dünnes Blutrinnsal tropfte von seinen Fingern zu Boden, und hinter mir konnte ich Harry wimmern hören.

„Das wird ihnen vorläufig eine Lehre sein. Obwohl das selbstverständlich nichts ist im Vergleich zu dem, was ich Ihnen später, nach der gelungenen Reanimation meiner Geliebten, noch alles anzutun gedenke. Ich werde Sie nicht sofort töten – das wäre zu einfach in Anbetracht der schändlichen Weise, in der Sie es gewagt haben, in meinen Diensten zu versagen, meine Herren. Ich werde Sie ... *entstellen*! Aber warten Sie es ruhig ab, ich werde Sie nicht vergessen."

„Aber ... wenn ich Sie daran erinnern dürfte," ereiferte sich Brimner mit schwacher Stimme, „haben Sie doch Nick, ich meine, Mister Nicholson, seinerzeit mit dem Auftrag betraut und nicht mich ... ich bin da eigentlich mehr so aus Zufall rein..."

„Du falsches Schwein du!" zischte ich zwischen zusammengebissenen Zähnen. Plötzlich wäre es mir mehr als recht gewesen, hätte ich meinen Flug nach Südfrankreich noch gekriegt – hätte Harry doch hier verrotten können!

Aber Sterbini schenkte diesem kurzen Zwischenspiel unsererseits keinerlei Aufmerksamkeit. Er ließ uns mit seinen zugegebenermaßen ziemlich unheilträchtigen Worten sitzen wo wir waren, entfernte sich ein paar Schritte und holte ein Handy aus der Tasche seines schweineteuren Jacketts, während er einem der herumstehenden Bodyguards sein beschmutztes Springmesser und die Hälfte von Brimners Ohr ins Gesicht schleuderte. Er wählte eine kurze Nummer, sprach einige rasche Worte in die Muschel, und kurz darauf betraten zwei rattengesichtige Italiener in maßgeschneiderten Seidenanzügen und mit ziemlich gemein aussehenden kleinen Pistolen in Händen die Bildfläche. Zwischen sich führten sie den mittels Handschellen bewegungsunfähig gemachten Ti-Samuel Bresbois, dessen quicklebendige, aufmerksam umherschweifende Augen darauf schließen ließen, daß er nicht länger unter Drogeneinwirkung stand.

„Und Bizeps hat ihn Ihnen einfach so übergeben?" fragte ich ungläubig.

„Vor drei Stunden, ja. Einfach so. Nun, ich muß zugeben daß mein ... ehemaliger Stellvertreter Ihren ... Ex-Verbündeten anscheinend recht gut präpariert hatte. Er zog zu keinem Zeitpunkt in Erwägung, daß hier irgendetwas nicht so laufen könnte, wie er sich das wünschte ... *wollte* es wahrscheinlich gar nicht in Erwägung ziehen."

Er zog an einem frisch entzündeten Zigarillo. „Ich muß zugeben, besser hätte ich es eigentlich selbst nicht machen können. Marcelotti hat den naiven Trottel an seiner empfindsamsten Stelle gepackt und ihn gezielt für unsere Zwecke ausgenutzt. Und selbstverständlich war ihm von vorneherein klar, daß Torsis Leben keinen Pfifferling mehr wert sein würde, sobald er uns erst Bresbois übergeben und sich hier in die Mitte meiner treuen Freunde gewagt haben würde, he, he. Eine Taktik, wie sie in dem Lehrbuch stehen könnte, das ich demnächst zu schreiben beabsichtige. Der Titel wird sein: *Wie ich meinen Mitmenschen alles nehme – und ihr Leben noch dazu. Von Antonio Sterbini.*" Er paffte vergnügt und trat den Zigarillo anschließend auf dem Boden aus.

„Was sagtest du doch so treffend über das ausgeprägte Ehrgefühl der Italiener, Nick?" erkundigte sich Brimner über meine Schulter. Ich konnte nicht umhin, einen gewissen zynischen Unterton in seiner Frage mitschwingen zu hören.

Sterbini wandte sich indessen dem Neuankömmling zu. „Seien Sie mir gegrüßt, Signore Bresbois! Haben Sie alles bei sich, was Sie benötigen?" Mit wuselnden Fingern entzündete er sich einen neuen Zigarillo.

„Ich ... sagen Sie später nicht, ich hätte Sie nicht gewarnt", antwortete der alte Mann mit einer Stimme, die klang wie das Zerknüllen großer Mengen von gebrauchtem Butterbrotpapier. Sie hörte sich frappierend ähnlich jenem einen Wort an, das ich damals auf so schmerzlich-telepathische Weise zwischen meinen Schläfen empfangen hatte!

„Ich versuche jetzt zum letzten Mal, Ihnen zu erklären, Sterbini, daß das Ergebnis einer Guèdé-Anrufung niemals das sein kann, was Sie sich wün..."

„Beantworten Sie mir nur die eine Frage, Bresbois: Wird Lucille nach diesem Ritual wieder leben, wird sie ... mich heiraten können? Oder wird sie, wie es in Film und Literatur häufig heißt, ein ... ein hirnloser 'Zombie' werden?"

Bresbois zögerte. „Ich habe Ihnen bereits gesagt, daß Fräulein Bretano, wenn ich sie reanimiere, anschließend im Vollbesitz ihrer geistigen und körperlichen Kräfte sein wird, aber nur genau so lange ..."

„Na also! Los dann, an die Arbeit, Bresbois!" Sterbini war jetzt sichtlich aufgeregt und nicht gewillt, die Prozedur noch länger aufzuschieben. Auf sein Kommando hin drängten die pistolenbewehrten Ratten Bresbois näher an den Altar, auf dem sich der mittlerweile kaum noch dampfende Körper des Mädchens befand. Ein weiterer Rattenmann trat hinzu und stellte neben ihm eine geöffnete Holzkiste auf den Boden. Bresbois bekam seine Handschellen abgenommen, beugte sich über die Kiste und entnahm ihr nacheinander mehrere äußerst verdächtig aussehende Gegenstände.

„Signore Bresbois wird nun Kraft seiner geistigen und magischen Kräfte Guèdé, den haitianischen Geist des Todes und der Wiederauferstehung, anrufen", teilte der nervös im Kreise herumschwänzelnde Sterbini niemand Bestimmtem mit. Er schien sich nachhaltig in dieses Thema eingelesen zu haben; ein weiteres sicheres Zeichen dafür, daß es ihm verdammt ernst war – und auch dafür, daß es mit seiner geistigen Gesundheit nicht zum Besten stand.

„Guèdé verkörpert die Grausamkeit und das Mysterium des

Todes, eine Art Repräsentant jener ebenso lebensnotwendigen wie unerbittlichen Macht, die dem ewigen Kreislauf von Werden und Vergehen zugrundeliegt! Ja ... so ist es. Er ist die Sonne der Nacht, das Leben, das ewig vorhanden ist ... der kosmische Abgrund, der gebärende Schoß ..." Das klang alles ganz schön auswendiggelernt, befand ich, aber ich hütete mich, es laut auszusprechen.

„... aus dem das Leben hervorgeht, der Tod, der unendliche Kreis der ...", fuhr Sterbini schwafelnd fort.

„Würde es Ihnen etwas ausmachen, den Mund zu halten?!" ertönte unvermittelt die knisternde Stimme Bresbois'. Sterbini fuhr ärgerlich herum, aber er verstummte. In der Zwischenzeit hatte der Hexer einige Gegenstände, von denen ich lediglich einen als übergroße Darstellung eines erigierten Phallus ausmachen konnte, in einem bestimmten Muster um die Tote herum angeordnet. Bei den restlichen Dingen schien es sich um verschiedene Schaufeln und Pickel zu handeln, vielleicht Totengräberwerkzeuge. Vor dem Altar auf dem Boden standen zwei hohe, aneinander befestigte Bongotrommeln, um die Ketten aus Rattenschädeln und anderen Abscheulichkeiten geschlungen waren. Mir war ziemlich heiß.

„Ich beginne jetzt," stellte Bresbois fest, „nicht ohne Sie nochmals zu ..."

„Los! Anfangen!!" schnauzte Sterbini, und die Rattengesichter hoben ihre kleinen gemeinen Waffen.

„Also gut." Bresbois zuckte mit den Schultern und stellte sich vor die Tote. Er nahm das gewaltige, aus dunklem, glattpoliertem Tropenholz geschnitzte Phallussymbol auf und berührte damit sanft verschiedene Punkte auf dem Körper der Leiche. Dann legte er es an seinen Platz zurück und trat an die Bongos. Er begann, einen monotonen, einschläfernden Rhythmus zu trommeln, den er mit einem unmelodischen, nichtsdestotrotz seltsam wohlklingenden Sprechgesang anreicherte.

*„Ongharé, mea serviteur, teoloh mbwah!*
*Ongharé, Petro-Loa magnawereh,*
*Ne Ogoun arbwanah! Toc Guèdé magnawereh!*
*Ongharé, Guèdé, mea serviteur!"*

Nach einiger Zeit, ich mußte durch den besänftigenden Klang seiner Stimme vorübergehend eingenickt sein, wurde ich plötzlich ruckartig wach. Der 'bocore' hatte sich seine Bongos mittlerweile mit einem Riemen an den Schultern befestigt und tanzte einen seltsam schwerfällig wirkenden Tanz rund um den Altar, wobei er unter beträchtlicher Geräuschentwicklung die daraufliegenden Grabewerkzeuge zu Boden stieß, was nun auch zahlreiche der an die Wand gelehnt dastehenden und ebenfalls schlummernden Männer Sterbinis hochfahren ließ. Bresbois hatte sich seiner gesamten Kleidung entledigt und vollführte den Tanz auf nackten, spindeldürr-wackligen Beinen, während sein runzliges Glied in der grotesken Parodie einer Erektion hochstand. Sterbini stand nach wie vor auf der Stelle, wo ich ihn zuletzt gesehen hatte und schien sich keinen Millimeter bewegt zu haben. Gebannt an seinem Zigarillo saugend beobachtete er das Geschehen, und nur der beträchtliche Haufen an Kippen zu seinen Füßen ließ erahnen, daß er hie und da noch aus seiner Starre erwachte. Hinter mir hörte ich Brimner schnarchen.

Schließlich näherte sich der eintönige Singsang seinem ekstatischen Höhepunkt. Bresbois sprang in ungelenken Hopsern und Sprüngen auf den Altar und wieder hinunter, steigerte die Lautstärke seiner Stimme bis zum Schreien und urinierte ungehemmt über den Steinfußboden der Halle. Einige von Sterbinis Leuten schauten betreten oder grinsend zur Seite, doch die meisten taten es ihrem Anführer gleich, der mit geweiteten Augen, den Glimmstengel, der in seinem Mundwinkel baumelte, sowie den Rest der Welt vergessend, seinen Blick auf den Körper des Mädchens geheftet hatte. Mit einem Schrei, der aus den tiefsten Abgründen seiner Seele zu kommen schien, sank Bresbois plötzlich zu Boden und blieb, halb über seinen Trommeln hängend, hocken. Lediglich seine Hände bewegten sich fort und schlugen einen leisen, gleichmäßigen Rhythmus auf einem der beiden Felle. Just in diesem Moment hob sich die Brust der Leiche, und das Mädchen begann keuchend zu atmen!

Ein lautes Raunen ging durch die Reihen der anwesenden Männer, hinter mir schien Brimner endlich aus seinem Tiefschlaf zu erwachen, und Sterbini stürzte über den zusammengefallenen Körper des Alten hinweg zum Altar und stützte Lucille, die sich vorsichtig aufrichtete und sich den Kopf hielt.

„Was ... was ist geschehen?!“ stammelte sie – wie es in einem solchen Fall wohl auch angebracht war.

„Lucille, mein Engel, du bist wieder bei mir ... oh, Lucille, Lucille, mein Alles, oh ...“ Sterbini schien gleich anfangen wollen zu flennen. Bresbois rührte sich nicht und trommelte leise vor sich hin.

„Verflucht, was geht denn hier vor sich?“ brummelte Brimner verschlafen.

„Er hat es tatsächlich geschafft!“ antwortete ich, jenseits allen Verstehens, geschweige denn Glaubens an das, was meine Augen da vorgaben zu sehen. Es war unglaublich! Und Bresbois trommelte weiter.

„Oh, Lucille!“ Sterbini umarmte sie und tätschelte mit einer zittrigen linken Hand ihren straffen, glatten Busen. „Wir ... wir werden heiraten, gleich morgen, ich verspreche es dir, oh, oh, wir werden nach Italien gehen, Kinder haben, fünf kleine Antonios, wie ich es dir immer ver...“ Leise klangen die Bongos vor sich hin.

„Verdammt, Bresbois!“ bellte Sterbini. „Meinen Sie nicht , daß es langsam genug ist?! Ich kann das Getrommel allmählich nicht mehr hören! He! Bresbois! Aufhören!“

Nun hob der alte Mann langsam den Kopf. „Ich glaube nicht, daß Sie wirklich wollen, daß ich aufhöre zu spielen, Sterbini“, entgegnete er, leicht außer Atem. „Sie wollten mich ja nie ausreden lassen; die Wiedererweckung des Guèdé dauert nur so lange an, wie die reanimierte Person die rituellen Bongoschläge im Rhythmus des Mbwarahwi vernimmt, gespielt von exakt jenem *papalois*, der sie erweckt hat. Wenn ich jetzt aufhöre zu spielen, ist Ihre Freundin wieder so tot wie ein Haufen Kuhscheiße! Aber wenn Sie mich lieb darum bitten, ich bespiele Ihnen gerne eine Kassette mit meinen Rhythmen, die Sie dann Tag und Nacht über Ihre Stereoanlage in Ihrem Landsitz in Italien abspielen können, he, he." Er lachte kurz und mekkernd über seinen gelungenen Witz, kriegte sich nicht sofort wieder ein und gluckste noch einen Moment weiter.

„Ha, ha, ha!" tönte er.

Dann herrschte für einen Moment lang eine makabere, nur von Bongoschlägen durchhallte Stille. Man hörte Sterbini flüstern: „... nein!"

„*Nein*!" Das war schon lauter. „NEIN!" Er schrie fast. „NEIIIIIIIIIN!!!!" Der Don sprang auf und wollte sich auf Bresbois stürzen. Einige seiner Männer luden ihre Pistolen durch. Bresbois blieb ganz ruhig.

„Ich an Ihrer Stelle würde das nicht tun, mein Lieber! Sobald die Trommeln aussetzen, ist es vorbei! Und mit jeder neuen Erweckung sinkt die Wahrscheinlichkeit, daß es wieder gelingt." Sterbinis zum Würgegriff gekrümmte Hände verharrten regungslos in der Luft vor Bresbois' Gesicht.

Eine unangenehme, knisternde Spannung lag plötzlich in der abgestandene Luft; während hinter Sterbinis Rücken dessen bezaubernde Braut-in-spe sich unbeholfen auf ihrem Altar aufsetzte und die Hände des Haitianers weiterhin als einziges wahrnehmbares Geräusch den stupide-stampfenden Rhythmus auf die Felle der Bongos schlugen, stand der Don von Brooklyn, einer der mächtigsten Männer der ganzen Ostküste, konvulsivisch zuckend und zitternd vor dem am Boden knienden alten Mann, unfähig sich zu rühren. Sollte er nach all dem Aufwand, den er betrieben hatte, letztlich doch nicht das bekommen, auf was er aus war?

Die Luft in der Halle schien so dick, daß man sie mit einem

stumpfen Messer hätte schneiden können, und tatsächlich schien eine Ahnung kaum wahrnehmbarer Elektrizität über allem zu liegen.

Just in diesem Moment unerträglich haßgeladener in der Luft hängender Atmosphäre vernahm ich plötzlich ein seltsames, blubberndes Geräusch, das irgendwo von hinter mir zu kommen schien. Kaum wurde mir klar, um was es sich dabei handelte, betete ich zu Gott, daß ich mich täuschte. Doch ich hatte es korrekt identifiziert: Es war Brimner, der sich ob der unaussprechlichen Groteske der gesamten Situation vergeblich bemühte, das in ihm aufsteigende Lachen zu unterdrücken! Und wenngleich mir in unangenehm deutlichem Ausmaß klar war, daß auf diese Weise unser Todesurteil endgültig besiegelt werden würde, konnte auch ich einen Moment darauf nicht mehr an mich halten, als ich sah, wie Lucille Bretano die Füße vom Altar auf den Boden senkte und versuchte aufzustehen; was zur Folge hatte, daß ihre wohlgeformten, jedoch seit Wochen unbenutzten, noch halb steifgefrorenen Beine kraftlos unter ihr nachgaben und sie mit einem lauten Krachen frontal auf die Fresse knallte – das gab auch mir den Rest. Nach einem kurzen Moment des vergeblichen Zähneaufeinanderpressens prustete es laut aus mir heraus, ich fiel unfreiwillig in Brimners unartikuliertes Kichern ein und spottete mit ihm gemeinsam dieser über alle Maßen skurrilen Geschichte sowie dem ärmlichen Versagen des Dons Hohn!

Die Augen sämtlicher in der Gegend herumstehender Italiener, die bis eben noch Fräulein Bretanos eher unrühmlichen Abgang beobachtet hatten, richteten sich nun plötzlich auf *uns*. Auch Sterbinis Kopf wirbelte herum, wobei kleine Schaumflöckchen sich von seinen wulstigen Lippen lösten und zu Boden segelten. Seine Augen zeigten fast nur noch Weißes, seine Gesichtshaut war vor unmenschlicher Wut und Haß rot-weiß gesprenkelt, und der aus seinem Mund gefallene Zigarillo sengte in aller Ruhe ein Loch in seinen Jackettkragen (wie ich mit großer Genugtuung wahrnahm). Schlagartig wurde mir bewußt, daß Antonio Sterbini soeben die Grenze zum Wahnsinn überschritten hatte und uns nun tatsächlich nichts mehr retten konnte! Zu meinem Pech sah der ansonsten ach-so-feine Chef so vieler gewalttätig-unintelligenter Italiener in diesem Moment des über ihn kommenden Irrsinns so unsagbar lächerlich aus, daß mein Lachen augenblicklich noch entschieden anschwoll und ich endgültig jeden Versuch aufgab, es zurückzuhalten – wir waren ohnehin verloren.

Sterbinis zuckender Mund öffnete sich. Doch kein Laut verließ seinen sabbernden Rachen. Er nahm einen neuen Anlauf, befeuchtete sich mit der Zunge nochmals die bereits triefnassen Lippen, atmete tief ein ...

„TTT ... TTÖTET SIE!!!“ brüllte er dann endlich. „TÖTET SIE AAAALLE!!!!!“ Und noch bevor der aus seinem Mund spritzende Speichel auf dem Boden der Fabrikhalle aufgetroffen war oder Sterbini einem seiner Handlanger die Waffe entrissen hatte, um seinen Befehl, der anscheinend sowohl den Haitianer als auch Brimner und mich einschloß, persönlich in die Tat umzusetzen, begann augenblicklich ein gewaltiger Schußhagel, verstärkt noch durch die hier vorherrschende echohafte Akustik, durch die Halle zu dröhnen.

Über zwanzig der bewaffneten Italiener nämlich hatten instinktiv-motorisch, mit einer choreographischen Exaktheit, wie man sie in den besten Balletten dieser Welt wohl vergeblich suchen mochte, ihre Schießeisen hochgerissen und feuerten auf Brimner und mich, was die Läufe hergaben.

Sogleich spürte ich den harten Einschlag einer Kugel in meinen rechten Arm, einen zweiten in meine Brust, zahllose weitere in meine Beine; dann fühlte ich, wie mich das Bewußtsein verließ – allerdings nicht vollständig! Vielmehr verfiel ich just von dieser Sekunde an in einen halbkomatösen Dämmerzustand, den ich wohl dem Umstand verdankte, daß vorläufig keine meiner lebenswichtigen Organe von irgendwelchen Projektilen in Mitleidenschaft gezogen worden waren, und aus dem ich alle paar Sekunden mit flatternden Augenlidern hochschreckte. Bei diesen Gelegenheiten war es mir vergönnt, noch zahlreiche der verschiedensten Dinge wahrzunehmen, die in dem nun einsetzenden Chaos um mich herum vorgingen, ohne daß ich sie jedoch in einen logischen Zusammenhang hätte bringen können.

So gewahrte ich innerhalb der nächsten, nur wenige Sekunden andauernden Blinzelphase meiner Augen, daß Ti-Samuel Christophe Bresbois just in dem Moment, als die ersten Kugeln Brimner und mich trafen, aufhörte, die Bongos mit den Händen zu bearbeiten, woraufhin Lucille Bretano im Hintergrund der Halle, fast übertönt von den Echos der ungezählten Schüsse, einen durchdringenden, röchelnden Schrei ausstieß!

Meine Lider flackerten, und das nächste, was ich bewußt wahrnahm, war Antonio Sterbini, der, kaum daß er den Tod seiner Geliebten gewahrte, quer durch den Raum auf einen seiner Kompagnons zustürzte, um mit dessen Waffe den Haitianer zu Brei zu schießen. Doch als er mit der Waffe in der Faust herumwirbelte und einige rasche und unbeherrschte Sprünge in Richtung Bresbois' vollführte, kollidierte er irgendwie mit dem in der Luft befindlichen Nebel von Geschossen, den ein gutes Dutzend seiner Männer, seinem Befehl treu Folge leistend, auf Bresbois abgeschickt hatte. Innerhalb einer Zehntelsekunde war er auch schon von einem guten Dutzend Hülsen getroffen und kam plötzlich auf ziemlich unschöne Weise deformiert auf dem Boden zu liegen!

Noch immer wurde exzessiv geschossen, und als eine weitere Kugel in meine Schulter einschlug und mich herumriß, flatterten meine Lider ungewollt und von meinem schwindenden Willen unbeeinflußt, wieder auf, so daß ich einer großen Kugel aus bläulichem Feuer ansichtig wurde, die mit einem Mal über dem Kopf des alten Hexers schwebte und dann blitzartig auf die wie verrückt schießenden Italiener zuraste! Beim ersten Kontakt mit diesem rational wohl kaum erklärbaren Feuerball lösten sich die mindestens zwanzig Schützen, die als erste das Feuer auf Harry und mich eröffnet hatten, spontan in mehrere kleine Häufchen grauen Staubes auf. Dies motivierte augenblicklich zwei Dutzend weitere, ebenfalls bewaffnete ihrer Kollegen, die Läufe ihrer Waffen nun auf den anscheinend doch nicht ganz so harmlosen alten Mann zu richten, und prompt durchschnitten weitere Geschoßgarben die Luft.

Schmerz, dessen ich erst jetzt in allen betroffenen Regionen meines Körpers richtig gewahr wurde, ließ zum wiederholten Male schwarze und bunte Schleier vor meinen Augen tanzen. Aber noch einmal gelang es mir, mich zusammenzureißen und den Taumel der nur allzu verlockenden Dunkelheit abzuschütteln, wußte ich doch, daß ich vermutlich aus diesem letzten Schlaf nie mehr erwachen würde, sollte ich mich dazu hinreißen lassen, ihm nachzugeben.

Ich konzentrierte also meine ganze Aufmerksamkeit auf ein einzelnes Objekt, genauer: den Priester, über dessen Kopf sich mittlerweile so etwas wie eine Kuppel aus hellblauem Licht aufgebaut hatte. Bresbois war in einen lauten, kreischenden Singsang verfallen, der übertönt wurde von einem stetig anschwellenden, sphärischen Rauschen, dessen Herkunft sich völlig meinem Vorstellungsvermögen entzog.

Das Geräusch steigerte sich in einem wahnwitzigen Crescendo, welches selbst die knatternden Schüsse der übriggebliebenen Italiener verdrängte, dann hörte ich im Hintergrund des Getöses vielstimmige Entsetzens- und Schmerzensschreie, und als ich unter größter Mühe und wirklich kaum mehr erträglichen Schmerzen den Kopf drehte, stellte ich fest, daß wiederum zwanzig von Sterbinis Schützen jene merkwürdige Metamorphose zu kleinen Häufchen völlig ungefährlichen Staubes vollzogen hatten.

Doch noch immer ertönten Schüsse, und nun schienen nochmals neue Mafiaschergen, die offenbar draußen stationiert gewesen waren und jetzt vom Lärm des Gefechts angelockt wurden, in die Halle zu stürmen. Mit dergestalt abgelenkter Aufmerksamkeit nahm ich nur aus dem Augenwinkel heraus wahr, wie plötzlich durch den Tumult eine massige Gestalt mit

Chacko und Chipskrümeln auf der Weste von hinten auf den nach wie vor knienden und singenden Haitianer zurannte! Hätte ich gekonnt, ich hätte ihn gerne gewarnt, aber in diesem Moment verließ mich unfreiwilligerweise erneut für einige Sekunden das Bewußtsein, und das nächste, was ich mitbekam, als ich die Augen wieder aufschlug (und wie froh war ich, immer noch nicht vollständig und unwiederbringlich hinüber zu sein!), war das hallende Echo eines sehr lauten Knalls, dann regneten mit einem Mal Objekte, die ich erst nach zweimaligem Hinsehen als kleine Fleischfetzen, Grillo's und innere Organe identifizieren konnte, rings um Brimner und mich zu Boden.

Der Blick nach unten eröffnete meinem umnebelten Geist bei dieser Gelegenheit die groteske Tatsache, daß unsere beiden aneinandergefesselten Stühle mittlerweile in einer verdammt beachtlichen Lache fast schwarz erscheinenden Blutes standen, und selbst nach einer gedanklichen Subtraktion von grob der Hälfte dieser Menge, die schätzungsweise aus Brimners Arterien stammte, kam ich zu dem Ergebnis, daß es eindeutig zu viel war!

Und dies war auch die letzte klare Erkenntnis, die zu fassen mir noch vergönnt war, denn von der folgenden Sekunde an war ich nicht mehr in der Lage, zwischen Realität und komatöser Illusion zu unterscheiden. Zwar glaubte ich die vierhundert rosaroten Mondkälber, die fröhlich hopsend um einen monolithischen, plötzlich aus dem Boden wachsenden Maibaum tanzten, noch relativ klar dem Bereich der nun brachial mein Hirn umnebelnden Halluzinationen zuordnen zu können, aber schon bei den drei Erzengeln, die behutsam von der Decke herabschwebten, sich auf meinen bluttriefenden Knien niederließen und Skat zu spielen begannen, wobei sie merkwürdigerweise die Nationalhymne von Uganda pfiffen, war ich mir diesbezüglich nicht mehr ganz so sicher. Weitere in den Raum stürmende, schießwütige Italiener erschienen mir noch halbwegs vorstellbar, Zak Scroat jedoch, wie er mit einer beeindruckenden Menge ansehnlich bewaffneter Jungbullen durch eine plötzlich berstende Wand in die Halle gestürzt kam und mit einem Megaphon wie von Sinnen unnütze Dinge rief, entsprang doch sicherlich meinem dem Kurzschluß nahen Hirn? Waren die kleinen, rot-schwarzen Männchen mit den sechs Armen real, die sich aus meinem nach wie vor ungehemmt hervorsprudelnden Blut erhoben, um in einem winzigen U-Boot Jagd auf einen halbflüssig-amorphen Pottwal zu machen, der ein T-Shirt mit der Aufschrift *Norman Bates says: Eat at Joe's* trug? Wurde ich jetzt endgültig verrückt, oder ebbte der Schußhagel langsam ab zugunsten des erheblich laut aufgedrehten Songs *Zombie* von den Cranberries, der nunmehr die Luft erfüllte? Sah ich ganz dahinten (*hinter dem hellen Licht!*) nicht Adolf Hitler, den Führer mit dem lachhaften, briefmarkengroßen Oberlippenbart („*Wollt ihr den totalen Krieg?*"), wie er mit einer grooooßen Gartenhacke Hundehalsbänder und leere Kartoffelchipstüten in eine gewaltige Masse ungesäuerten Brotteigs säte ... und dieses tatsächlich außerordentlich helle Licht am Ende dieses langen Ganges mit der ziemlich geschmacklosen Blümchentapete (die ich *irgendwo* auch schon mal gesehen hatte ...) – ich beschloß, mich vorsichtshalber langsam darauf zuzubewegen, während um mich herum plüschbezogene Toilettendeckel durch die Luft schwebten und Sonjas Oma Nathalie in der Ferne eine alte, französische Weise in Cis-Moll auf ihrer bezaubernden Nasenflöte spielte. Dieses Licht ... so *hell* ...

...

# Epilog
## *Totsein währt am längsten*

Als ich mir eben den letzten Rest Kaffee aus der Thermoskanne, die ich von zuhause mitgebracht hatte, eingoß, klopfte es an die Tür meines Büros. „Herein", meldete ich mich, und in der aufschwingenden Tür erkannte ich Brimner.

„Ah, du bist es, Harry. Komm nur rein."

„Grüß dich, Nick", sagte er beim Nähertreten. „Ich habe noch jemanden mitgebracht." Die Gestalt eines hageren Mannes trat nun hinter Harry in den Raum.

„Carl!" stellte ich freudig überrascht fest.

„Genau der", grinste Devereaux. Die beiden ließen sich auf die Besucherstühle nieder. Brimner trug ausgewaschene Jeans und ein T-Shirt mit geschmacklosem Aufdruck, während unser Detektivkollege einen dunkelgraumelierten Anzug trug und ein schwarzes Attaché-Köfferchen bei sich führte. Er wirkte in dieser Aufmachung wie ein völlig anderer Mensch! Brimner fuhr fort: „Unser Freund fliegt in einer Stunde mit den Dokumenten, die er bei Kramartz gefunden hat, nach Deutschland und wollte sich vorher noch von uns verabschieden."

„Na, das finde ich aber nett!" stellte ich fest und bot den beiden Besuchern von meinen Luckys an; Devereaux lehnte höflich ab, Brimner nahm sich vier.

„So, so. Da geht es also wieder zurück nach Germania? Und ich darf annehmen, daß der alte 'Hanns Schmuhrf' und seine komische rechte Basis nicht mehr sonderlich lange Anlaß zum Lachen haben werden, sobald Sie sich erst mal mit der deutschen Geheimpolizei kurzgeschlossen haben", vermutete ich.

„Das ist zumindest, was ich hoffe", entgegnete Carl. „Immerhin ist mit dem Abflug Bresbois' in seine Heimat Haiti die Sache noch längst nicht aus der Welt! Man könnte bei diesen Fanatikern auf die Idee kommen, ihm gar Leute bis in die Südsee auf die Fersen zu hetzen, um ihn in die Hand zu bekommen ... und diese Gefahr ist letztlich einfach zu groß, sie erfordert meine sofortige Intervention direkt im Herzen der Republik!"

„Das stimmt zweifellos", nickte ich und nahm einen Schluck lauwarmen Kaffee. Während der letzten Tage hatten wir uns mehrfach über die Gefahr, die von einem wiedererweckten Nazi-Diktator ausging, angeregt unterhalten, und mittlerweile hatte selbst ich als wahlverweigernder politischer Totalignorant die Dringlichkeit der Situation eingesehen.

„Und mit dieser vermaledeiten Sekte hat Bresbois schlußendlich keine Probleme mehr bekommen?"

„Ich denke, da allgemein angenommen wird, er sei bei dieser unschönen Sache vor einer Woche ebenso wie Sterbini und seine Mannen ums Leben gekommen, darf man mit relativer Sicherheit annehmen, daß er fürderhin vor weiteren Nachstellungen aus dieser Richtung sicher sein dürfte. Schließlich habe ich ihn damals nicht ohne eine bestimmte Absicht dazu überredet, am Ende die Leichen der über fünfzig Italiener bis zur Unkenntlichkeit zu verschmoren ... seine spiritistischen und telekinetischen Kräfte sind einfach erstaunlich. Niemand wird je wissen, wer die Toten genau waren."

„Gutes Argument, he, he!" fand Brimner.

„Er ist also jetzt wieder wohlbehalten und sicher daheim in Haiti, ja? Na, dann bleibt uns hier ja eigentlich auch nichts mehr zu tun, als uns von Ihnen zu verabschieden, Carl, und uns mit aller Vehemenz und Ehrerbietung bei Ihnen zu bedanken für das, was Sie für Harry und mich getan haben." Ich stand auf.

„Keine Ursache, wirklich!" stellte Devereaux knapp fest.

„Nachdem ich ohne Sie vermutlich nie auf die Idee gekommen wäre, was Kramartz genau vorhat, niemals seine Wohnung aus eigenem Antrieb durchsucht hätte, hätte ich doch auch ohne Sie nie diese alles entscheidenden Dokumente in die Finger bekommen (er klopfte mit der Hand auf sein Attaché-Köfferchen), die mir jetzt sämtliche Möglichkeiten in Deutschland eröffnen werden."

Ich wußte nicht, was ich entgegnen sollte, und blickte verlegen zu Boden.

„Es war einfach meine Pflicht, Ihnen zu helfen. Und Bresbois, der ohne Ihr erstmaliges Aufdecken seines Aufenthaltsortes wahrscheinlich immer noch in Arthur Masseys Kellergewölben narkotisiert vor sich hinvegetieren würde, war auch sehr schnell bereit, meinen Vorschlag in die Tat umzusetzen. Ich hoffe, Sie waren mit unserer kleinen 'Vergütung' für ihre indirekte Hilfe zufrieden!"

„*Vergütung* ist gut ... also, Carl ...", stammelte ich. Brimner grinste breit.

„Hat die Polizei eigentlich nachträglich noch mal etwas zu der ganzen Geschichte verlauten lassen?" wollte er von Devereaux wissen und erhob sich träge aus seinem Stuhl.

„Die Polizei?" hakte ich nach. „Dann habe ich mir Scroatys Auftritt damals in der Fabrikhalle doch nicht bloß zusammenhalluziniert?"

„Ach, das wußtest du gar nicht? Ja, der gute alte Zak wurde von unserem neuen Freund hier ..."

„Von Carl?"

„... von genau dem wurde er darauf aufmerksam gemacht, daß diese komische alte Fabrikhalle in den letzten Monaten des öfteren zum Treffpunkt für die diversen Zusammenkünfte der Männer Sterbinis genutzt wurde ... was Carl wohl über seine Beschattung von Kramartz mitbekommen hat." Dieser nickte zustimmend.

„Scroat ließ sich von ihm beschwatzen und schickte ein paar Jungs zur Fabrik, die bereits von weitem sahen, daß da gehörig was im Busch war – was haben schließlich drei Dutzend Wagen, allesamt schwarz, auf dem Parkplatz einer stillgelegten Bonbonfabrik zu suchen? Das fragten sich sogar die Bullen, und während die Aktion in dem alten Lagerhaus ihren Lauf nahm, zog Scroaty ein ganzes Regiment dienstbeflissener und versetzungswütiger junger Freiwilliger vor dem Gebäude zusammen; als es schließlich laut wurde, wegen der Ballerei und so, riß er kurzerhand eine Außenwand ein und mähte sämtliche der wenigen Italiener, die Ti-Samuel ihm übriggelassen hatte, gnadenlos weg. Ratta-tata-ta!" Brimner lachte kurz und kehlig.

„Seitdem hatte auch ich keinerlei Kontakt mehr mit der Ordnungsmacht, wenn das Ihre Frage beantwortet, Mister Brimner", fügte Devereaux hinzu.

„... der alte Scroaty ... " Mir fehlten die Worte. „Und dann haben Karl und Ti-Samuel, du weißt schon ..."

Brimner holte tief Luft. „Na ja, Bresbois hatte wie gesagt aufgrund gewisser ehm, ... *Mittel*, du verstehst, das ganze Schlamassel heil überstanden – ganz im Gegensatz zu *sämtlichen* Männern Sterbinis, wie schon erwähnt! Und noch bevor Scroaty sich recht ein Bild davon machen konnte, was eigentlich los war, hatte Carl hier – der ebenfalls mit den Bullen angerückt war – unseren haitianischen Freund auch schon auf unsere ... Leichen aufmerksam gemacht, sie sich quasi unter den Arm geklemmt und war mit ihm und uns durch eine Hintertüre entfleucht. Der Rest ist Geschichte." Er steckte sich die dritte von meinen Luckys an. „Ach ja, bis auf die Tatsache, daß das, was Bresbois damals wohl mehr so im Scherz zu Sterbini bezüglich eines eventuellen Konservierens der Mbwarahwi-Rhythmen gesagt hat, wohl doch nicht völlig aus der Luft gegriffen war, he, he ... na, wie dem auch sei; wie sieht's aus, Carl: Wollen wir aufbrechen?"

Devereaux nickte tatendurstig mit dem Kopf und erhob sich ebenfalls.

Ich trat um den Schreibtisch herum auf den Mann mit dem offenen Gesicht zu und umarmte ihn kurz und heftig in einer Geste ehrlichen, männlichen Dankes. Er lächelte mich an. Dann wandte er sich zusammen mit Brimner der Tür zu.

Kurz bevor er das Büro verließ, drehte er sich noch einmal in meine Richtung.

„Ach, ja ... erinnern Sie sich noch an diesen ... wie hieß er doch noch – Hipolito? Hab' ihn angezeigt ... wegen Auffahrunfall mit Fahrerflucht!" Er lachte saftig. „Ich habe bei den Cops und der Versicherung Ihre Adresse als Kontakt angegeben. Hauen Sie ordentlich was raus, wenn Sie können; ich komme irgendwann sicher wieder mal vorbei ... dann können wir zusammen meinen Kotflügel versaufen. Bis dann!"

„Ich begleite Carl noch zum Flughafen – man kann ja nie wissen ...", grinste Brimner und rückte sich den Walkmanhörer, der fast gänzlich verborgen durch seinen afrohaften Haarschopf auf seinem Kopf saß, auf dem mittlerweile schon sehr gut verheilten zerschnittenen Ohr gerade. „Stell' schon mal was zu trinken kalt, bis ich zurückkomme!" Ich nickte den beiden noch einmal zu, dann waren sie fort.

Gedankenverloren ließ ich mich in meinen Sessel zurückfallen und trank meinen Kaffee aus. *Bah*, dieses abgekühlte Gesöff aus der Thermoskanne schmeckte doch einfach widerlich! Ich würde mir über kurz oder lang einen Verteilerstecker für die einzige Steckdose meines Büros anschaffen müssen, denn seit diese ständig von meinem Akkuladegerät in Beschlag genommen wurde, war meine Kaffeemaschine natürlich außer Betrieb gesetzt. Instinktiv warf ich einen Blick auf die Batteriestandsanzeige des Walkman, der an meiner Hüfte baumelte. Es war schon wieder Zeit zum Wechseln! Ich trat an die Stereoanlage auf der Kommode, steckte deren Stecker anstelle des Ladegerätes in die Dose und schaltete das Kassettendeck auf Wiedergabe. Laute, rhythmische, mir mittlerweile mehr als bekannte Bongoschläge hallten durch den kleinen Raum. Mit routinierter Hand schaltete ich den Walkman mit einer der Endloskassetten, die Bresbois auf Carls Drängen hin bespielt hatte, aus, tauschte seine Batterien, bevor sie noch ganz aufgebraucht waren, gegen die frischen aus dem Lader aus, drückte 'Play' und schaltete die Stereoanlage wieder ab, sobald die Rhythmen durch die Schaumstoffverkleidung der Ohrhörer drangen. Dann gab ich dem Ladegerät von neuem Saft, stand auf und legte zwei Riesenflaschen Puschkin nebst zwei Gläsern auf Eis. Brimner würde zweifellos nicht lange auf sich warten lassen, und der unumstößliche Vorteil der ganzen Sache, den es jetzt auszunutzen galt, war, daß wir von nun an nie wieder auf unsere Leberwerte würden achten müssen ... auf unsere Lunge ebensowenig, fiel mir auf, und ich steckte mir rasch eine fingerdicke Havanna an. *Tote bekommen eher selten Krebs*, sinnierte ich vor mich hin ... und dafür konnte man doch durchaus in Kauf nehmen, sich ein bißchen dieses komische Getrommel anzuhören, oder?

## *Der Autor*

Jens Schumacher – Geboren 1974 in Mainz. Aufgewachsen in Alzey. Anschließend Studium der Literaturwissenschaft in Mainz. Heute wohnhaft in Mainz.

Zahlreiche Kurzgeschichtenveröffentlichungen in Zeitschriften und Anthologien. Redaktionelle und literaturkritische Arbeiten für verschiedene Magazine.

1996 Veröffentlichung der Erzählungssammlung *Kanon der Melancholie* (zusammen mit J. Lossau, Nitzsche-Verlag, Kaiserslautern).

11. Platz beim Internationalen Jungautorenwettbewerb der RSGI 1996.

1997 Erzählungssammlung *Entitäten* (zusammen mit J. Lossau, ▲–Verlag, Mainz).

*Ich will drucken, was die großen Verlage nicht riskieren können oder wollen. Ich suche keine Bestseller, sondern junge Talente, das Abseitige, das Experiment und auch das inhaltlich Gewagte.* (VauO Stomps)

*Das Lied vom Untod* – 2., überarb. Auflage – erscheint in der amanita-Reihe des ▲–Verlags Jens Neumann, herausgegeben von Marcus Weber.

Satz und Gestaltung von amanita-media.
Das Titelbild *Hammerhead* stammt von Frank Kozik.
Backcover-Foto von Jens Lossau.

1. Auflage 1996
2. Auflage 1999


▲–Verlag Jens Neumann
Nerotalstraße 38, 55124 Mainz
Tel./Fax: 0 61 31 – 46 71 15
http://www.minipresse.de
eMail: verlagjn@hotmail.com

ISBN 3–930559–37–4

Kanon der Melancholie